KB269129

마우스

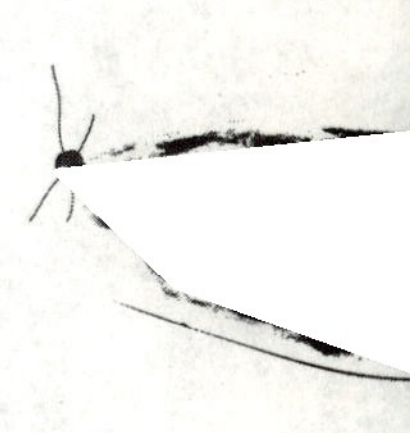

# 마우스

김호경 장편소설

민음사

# 차례

"생명의 類나 種에 관하여 보건대, 그것은 과연 존재하는 것인가,

아니면 단지 우리의 지능 속에서만 존재하는 것인가, 더 나아가 만약 그것이

실제로 존재한다고 한다면 과연 그것은 물질적인 것인가,

아니면 단지 감각적 사물 속에서 그에 부수된 상태에서

존재하는 데 지나지 않는가?"


— 아리스토텔레스의 『범주론』에 대한 포르피리오스의 「해설」을
보이티우스가 라틴어로 번역한 『이사고게(Isagoge)』의 「서문」 중에서

## 영화에 대한 명상

영화를 즐기기 위해서는 다음의 두 가지 조건이 충족되어야 한다. 결코 누구든 예외 없이 다음의 두 가지 조건을 충족시켜야만 영화를 관람할 수 있으리라.

첫째, 표를 구입할 수 있는 돈이 있어야 한다.

둘째, 상영 시간만큼의 시간이 있어야 한다.

영화가 전달하는 충격적인 메시지나 우리가 익숙히 알고 있다고 속단하기 쉬운 배우의 배반적 이중 성격, 여배우의 선정적 자태, 결코 다다를 수 없는 시대에 대한 서정적이면서도 치밀한 묘사, 극적 반전, 빛나는 조연, 불멸의 사운드 트랙, 내 몫으로 지정된 좌석이 없어도, 내 옆에 앉아줄 친구나 연인이 없어도 영화를 관람할 수는 있다.

전화가 울린다. 나는 수화기를 들어 귀에 댄다. 선(線)을 통해 —— 앞으로는 '선을 통해'라는 묘사가 사라질 것이다. '공중을 통해'라는 문장으로 대치될 것이다. 전화기에 달려 있는 탯줄 같은 선은 우리의 기억에서 말끔히 사라질 것이다.

흑백 TV에서 권투 중계를 하던 아나운서의 목소리, 그의 해설이 떠오른다. 내 유년의 기억 중 하나다. "청코너 참피언 카라스키야, 파란 팬티에 흰 줄무늬, 홍코너 도전자 홍수환, 노란 팬티에 검은 줄무늬, 시청자들께서는 검은색과 흰색으로 보이시겠지만." 그의 친절한 부연 설명. 챔피언이 입은 파란 팬티는 검은색으로 보이고 도전자가 입은 노란 팬티는 하얗게 보인다. 어쩔 수 없다. 그러나 칼라 TV가 보급되면서 '검은색과 흰색으로 보이시겠지만'이라는 멘트는 사라져버렸다. 파란색은 파랗게 보이고 노란색은 노랗게 보인다. 이는 '지구는 둥글다.'라는 진리에 버금가는 진보적 발전이랄 수 있다. '선을 통해'라는 말도 곧 같은 운명에 처해질 것이다 ── 들려오는 목소리는 낯설고 조심스럽다.


"독잔데요."

독자? 관객이 아니고?

"저어기(망설이지 말기를), 영화를 보는 첫 번째 조건 있잖아요. 그건 틀린 것 같아요."

오호라!

"왜냐면 내가 돈이 없어도 내 친구가 나 대신 표를 끊어줄 수 있잖아요. 사실 그렇잖아요. 연인들이 영화볼 때 뭐, 각자 돈 내나요. 대개 남자가 내주지. 그렇죠? 남자들은 머릿속이 텅 비었으니까. 그러니까 첫 번째 조건은 수정돼야 할 것 같아요. 근데 아저씨가 만든다는 '마우스'란 영화는 재밌나요. 초대권 한 장 보내주실래요?"

영화를 즐기기 위해서는 다음의 세 가지 조건이 충족되어야 한다.

첫째, 표를 구입할 수 있는 돈이 있어야 한다.

둘째, 위 조건이 만족되지 않는다면 관람표를 구입해줄 친구나 애인이 적어도 한 명 이상 있어야 하고, 없다면 초대권을 받을 만한 사회적 지위를 획득해야 한다.

셋째, 상영 시간만큼의 시간이 있어야 한다.

준비가 되었으면 우리, 다 함께 영화를 보자.

극장의 불이 꺼지고 스크린에 빛이 쏟아지면서 영화의 전복은 시작된다. 영화의 심리적·환경적 요인은 경이에 대한 개방성을 조장하고 무의식이 자유롭게 활동할 수 있는 마법의 공간을 제시한다. 영화는 격세유전의 기억과 무의식적 욕망에 뿌리를 둔 현대의 제례 의식이고 외부 세계로부터 차단되어 어둠 속에서 무의식적으로 행동하는 제단이다.

이미지의 권력, 이미지에 대한 공포, 이미지의 전율은 실재한다. 눈을 감아버리지 않는 한――영화에서 이런 행위는 전례가 없는 곤란한 일이다――그것에 저항할 방법은 없다.

#1 스크린

비 내리는 암흑의 스크린.

스크린이 천천히 밝아지면 중앙에 꺼져 있는 구식의 모니터 한 대가 나타난다.

17인치의 모니터에 전원을 연결시키면, 정말 세상의 구석구석을 내 손바닥처럼 속속들이 알 수 있을까? 컴퓨터는 내가 원하는 모든 일을 척척 처리해 줄 수 있을까? 의심스럽다. 또한 두렵다. 무엇을 어떻게 다루어야 할지 막막하기만 한 '우리들'에게——그렇지 않다고 부인하지 마라——컴퓨터란 늘 두려움의 존재다.

이제 컴퓨터는 분석 기계로서의 성질을 넘어 환기적 대상(evocative objects)이라는 제2의 성질을 갖추고 있다. 컴퓨터는 세상과 친밀해지기 위하여 더듬거리는 일종의 교섭 매체이다. 우리는 컴퓨터의 제2의 성질과 친숙해지기 위해 매일 그것을 접할 수밖에 없는 기계 문명 속에 살고 있다. 홀로 있는 것을 끔찍해하지만, 친밀감을 갖는 것 또한 두려워하는 ── 우리는 종종 아무 말 없이 서로 쳐다보기만 할 뿐 ── 현대인은 폭넓은 공허감, 격리된 듯한 느낌 그리고 자신에 대한 '비실재성'을 경험할 수밖에 없다. 바로 이 시점에서 컴퓨터는 감정적인 요구가 없는 동료로서 우리에게 타협을 제공한다. 하여 당신은 고독을 즐기면서도 결코 혼자 있지는 않을 것이다.

어둠 속에서 손 하나가 슬며시 나타나 컴퓨터의 전원을 켠다.
플래시 터지듯 펑! 갑자기 환해지는 모니터.


# 2 한강변 도로

그 모니터 속, 괴수의 눈처럼 헤드라이트를 밝히고 질주하는 자동차.
자동차는 흰 종이 위에 선을 긋듯 펑 하고 질주한다. 괴괴하게 뻗은 키 큰 플라타너스, 넓고 푸른 잎들. 바람이 불어 잿빛 아스팔트 위의 낙엽들이 부스스 소리를 내면서 흩날린다. 손바닥만 한 나뭇잎 사이로 창문마다 불을 밝힌 초현대식의 높은 빌딩이 언뜻언뜻 보인다. 첨단의 위용을 자랑하는 빌딩들은 음흉한 21세기적 자태를 한껏 뽐내고 있는데 유리창은 기분 나쁠 정도로 환하다.

커튼처럼 드리워져 있는 어둠을 헤치고 드디어 한 여자 등장——자전거를 타고 달린다. 발랄한, 귀여운 표정을 지으며 CF를 찍는 듯한 작위적인 포즈를 연출. 짧은 흰 치마, 페달을 밟을 때마다 치마가 들썩이면서, 어둠 속에 여자의 탄탄한 허벅지가 하얗게 드러난다. 여자의 모습은 슬로비디오를 보는 것처럼 부자연스럽다. 숙련되지 못한 디자이너가 습작으로 만든 컴퓨터 그래픽의 느낌. 긴 머리 사이로 귀에 꽂은 은빛 이어폰이 반짝 빛난다.

여자는 노래를 따라 부르며 그 노래를 부르는 가수들의 무대를 상상한다——어깨까지 금발이 치렁치렁한 가수들, 부르튼 입술 사이로 피를 뿜듯 정열적으로 노래를 부른다. 천장에는 온갖 형태를 만들어내는 현란한 조명, 붉고 푸르고 노란 등이 빙글빙글 회전한다. 기타리스트는 실성한 듯 기타를 친다. 드러머는 신들린 무당처럼 드럼을 두드린다. 그들의 얼굴에서는 땀이 비 오듯 쏟아진다.

군중들이 열광한다. (군중들은 제정신이 아니다. 집단 최면에 빠진 듯싶다.) 의자를 박차고 일어나 괴성을 지르며, 손에 쥔 팸플릿을 둥글게 말아 내휘두르며, 엉덩이를 흔들며, 박자에 맞춰 손을 연신 허공에 찔러댄다. 마치 궐기 대회에 참석한 사람들이 일제히 치켜드는 손, 손, 손들 같다.

여자는 길고 흰 다리로 페달을 밟으면서 낭랑한 목소리로 노래를 부른다. 자전거가 좌우로 흔들린다. 문득, 노란 가로등 아래에서 브레이크를 밟는다. 자전거 안장에 앉은 채로 오른발을 내려 진한 어둠이 피어오르는 아스팔트를 짚는다. 곧게 뻗은 다리가 탐스럽다.

그때 한강변 언덕 어두운 곳에서 한 남자가 갑자기, 불쑥 등장한다. ('출몰'이라는 표현이 더 어울리는 몸짓으로) 남자는 동물원에서 탈출한 오랑우탄 같다. 주위를 살핀다. 여자 말고는 아무도 없다. 자동차 한 대가 씽 하고 소리를 내며 스쳐 지나간다. 남자가 슬그머니 다가와 갈퀴 같은 손을 뻗어 여자의 어깨를 잡아 순식간에 쓰러뜨린다.

"꺄악, 누가 좀 도와줘요."

여자는 자전거와 함께 쓰러진다. 쓰러지면서 치마가 훌렁 위로 올라간다. 희고 탱탱한 허벅지와 연녹색의 앙증맞은 팬티가 노란 가로등 불빛 아래 적나라하게 드러난다. (카메라 빠르게 다가가 그 팬티 확대) 팬티의 엉덩이 쪽에 작은 생쥐 한 마리가 흰색으로 수놓아져 있다. 자전거의 뒷바퀴가 차르르 소리를 내면서 두어 바퀴 회전하고 여자의 귀에서 이어폰이 빠져나간다.

"꺄악, 누가 좀 도와줘요."

허우적대면서 실룩이는 탐스러운 엉덩이, 팬티의 생쥐가 움직인다. 꼭 살아 있는 생쥐 같다. 남자는 여자를 우왁스럽게 끌고 도로변의 가드레일을 넘어 언덕 아래로 내려간다. 여자는 끌려가지 않으려 버팅기며 밤하늘의 적막을 찢는 듯한 비명을 내지른다. 불쑥 튀어나온 자동차가 쏜살같이 질주하며 그 소리를 단박에 삼켜버린다.

완만하게 경사진 언덕 아래는 푸른 잔디밭. 머리통만 한 돌멩이가 듬성듬성 놓여 있고 소주병, 음료수 깡통, 바람에 흩날리는 신문지 나부랭이, 바스락거리는 과자 봉지, 찌그러진 컵라면 용기들. 남자는 여자를 쓰러뜨린다.

"꺄악, 누가 좀 도와줘요."

남자는 주먹을 들어 여자의 얼굴을 내려친다. 퍽 소리와 함께 입술에서 붉은 피가 분수처럼 튕긴다. 카세트가 튕겨져 나간다. 여자가 헉, 비명을 지르며 맥없이 쓰러진다. 치마를 들추고 손을 뻗어 거칠게 팬티를 찢는다. 그리고 강간한다.

남자가 여자를 강간하는 장면과 가수가 무대에서 노래하는 장면이 번갈아 나온다. 강간——군중의 열광——가수의 이마에 맺힌 땀방울——남자의 거친 숨소리——강간——여자의 높은 호흡——회전하는 조명등——전자 기타의 줄을 드르륵 긁는 기타리스트의 손——남자의 입술을 깨문 이빨——위아래로 휘청거리는 은빛 심벌즈——여자의 일그러진 얼굴.


그렇게 영화가 시작된다.

컴퓨터 모니터가 하나씩 스크린에 나타나 차례차례 위로 올라간다. 모니터 하나에 배우들의 이름이 하나씩 새겨진다.

찰리 최——방을 따뜻하게 해주는 보일러공

줄리엣 김——작은 것의 복제를 즐기는 여자 수의사

맥과이어 리——컴퓨터 해커 추적 전문가

엘리사 김——거대한 것의 창조를 사랑하는 여자

드레퓌스 정——가장 뛰어난 컴퓨터 프로그래머

에이브러햄 한——대통령에 출마한 보일러실 반장

비자비스——카페의 무명 가수

옹호자 —— 사이버 가수

경찰관 —— 경찰관

그 외 이름이 부여되지 않은 다수의 사람들


시나리오 —— 김호경

음악 —— 복제된 퀸시 존스

제작 지휘 —— 복제된 스티븐 스필버그

제작 —— 복제된 21세기 폭스 사

감독 —— 복제된 뤽 베송


## #3 테크노 빌딩의 복도

아주 길고 긴 복도. 걸어도 걸어도 막다른 벽이 나타나지 않을 듯이 한없이 긴 복도.

유리창을 통해 저 멀리 보이는 아득한 풍경으로 미루어 볼 때 빌딩은 아주 높을 것으로 추정된다.

그 빌딩의 어느 층.

진한 회색의 정비공 옷을 입은 찰리, 사나운 짐승에게 쫓기는 연약한 짐승처럼 헐레벌떡, 좌충우돌, 쓰러질 듯 비틀비틀, 그러나 넘어지지 않으려 발버둥치는 —— 한편으로는 측은한 —— 모습으로 사람들과 부딪치며 복도를 허겁지겁 뛴다. 복도를 걷는 사람은 서너 명인데, 모두 비슷한 키에 검은색 양복 차림. 여자들은 검은색 원피스. 그들은 꼭 복제된 사람들 같다.

찰리는 숨을 거칠게 내쉬며, 거대한 창을 든 괴물이 뒤에서 쫓아오기라도 하듯 겁에 질린 표정. 오른팔에는 '보일러'라고 쓰인 노란 완장을 차고 있다. 노란 바탕에 검은 글씨. 오른손에는 팔뚝만큼이나 커다란 빨간색 몽키 스패너가 들려 있다. 성화 봉송 주자처럼 몽키 스패너를 허공에 치켜들고, 마치 스크린 밖으로 뛰쳐나오려는 듯이 뛴다.

복도는 정갈하고 길다. 왼편은 전부 깨끗한 갈색 유리창. 안에서는 밖이 보이지만 밖에서는 안이 보이지 않는 유리창은 사람의 키만큼이나 크다. 유리창 너머 저 멀리 높게 솟은 건물들과 아파트 숲이 한 폭의 수채화 같다. 비가 올 듯 하늘은 칙칙하게 찌푸려 있다. 오른편에는 연달아 방이 있고 방마다 숫자가 새겨진 은색 푯말이 붙어 있다.

찰리는 뭔가 다급한 표정이다. 누구한테 얻어터지기라도 한 듯 군데군데 핏자국이 있다. 피와 함께 분노와 절망이 서려 있다. '차라리 죽어야 행복한 세상'이라고 절규하는 듯한 표정. 입이 불룩하다. 입에 무언가가 물려 있는데 알아볼 수는 없다. 찰리의 뒤에 남자(드레퓌스)와 여자(엘리사)가 쫓아오고, 몇 발자국 뒤에는 또 다른 여자(줄리엣)가 팔을 휘두르며 뛰어온다. 사람들이 비켜서면서 뛰어가는 그들의 모습을 신기하고, 놀랍고, 끔찍한 듯한 표정으로 지켜본다.

허공을 긋는 엘리사의 손. 손톱의 붉은 매니큐어가 확대된다.

연이어 카메라 빠르게 이동하면서, 줄리엣의 손에 있는 빨간 물체가 잡힌다. 그러나 어렴풋하게만 보인다. 그녀 역시 찰리와 마찬가지로 성화 봉송 주자처럼 그것을 들고 뛰

어온다. '난 배달의 기수야.'라는 의식이 뇌리에 박힌 듯 자
못 엄숙하고 근엄하기조차 하다.

드레퓌스, 엘리사, 줄리엣 (동시에) 찰리, 거기 멈춰!

드레퓌스와 엘리사의 목소리는 불에 달구어진 갈탄처럼
다급하기만 하고, 줄리엣의 목소리 역시 다급하지만 애정과
연민이 섞인 목소리다. 드레퓌스는 허름한 캐주얼, 엘리사는
자주색의 짧은 원피스, 줄리엣은 무릎까지 내려오는 흰 가
운을 입었다. 온통 검은색 옷의 물결 속에서 세 사람의 옷
차림은 유난히 눈에 띈다.

허위허위 뛰는 찰리.
황급히 뒤를 돌아보는 찰리.
모든 것을 포기한 듯, 갑자기 몸을 돌려 비장한 표정으로
순식간에 유리창을 향해 돌진하는 찰리.
망설임 없이, 두려움 없이 창을 향해 돌진하는 찰리.
유리창이 깨지면서 (카메라, 창밖으로 이동) 밖으로 튕겨
나와 끝없이 추락하는 찰리.
바늘로 귀를 쑤시는 듯이 섬뜩하게 와장창 하며 유리 깨
지는 소리 (카메라 다시 안으로), 거미줄처럼 금이 간 커다
란 유리창, 유리의 삐죽삐죽한 모습 클로즈업.
화면 정지.

그러나 유리는 깨지지 않았다. 유리는 두툼하다. 이 빌딩

의 건축 설계사는 훗날의 돌발 사태까지 감안해 유리의 두께를 계산했을 것이다.

유리에 부딪쳐 뒤로 벌렁 자빠지는 찰리. 어처구니없다. 창밖에는 비가 내린다. 유리의 바깥 면에 빗방울이 동그랗게 맺혀 아래로 미끄러진다. 찰리는 앉은 채 입을 쩍 벌린다. 겨우 이런 하찮은 유리에게조차 무시를 당하다니. 두 여자와 한 남자는 찰리를 향해 기관차처럼 몰려온다.

용수철 튕기듯 벌떡 일어서 커다란 몽키 스패너를 들고 투원반 선수처럼 원을 그리면서 힘껏 유리를 내려치는 찰리. 쾅, 온 빌딩이 흔들리는 것 같은 울림. 그러나 유리는 멀쩡하다. 치솟는 분노. 다시 한번 몽키 스패너를 들어 온 힘을 다해 내려친다. 와장창 소리와 함께 유리가 깨진다. 유리창에 난 금이 거미줄처럼 퍼져나간다.

찰리의 뒤를 쫓던 세 사람이 동시에 손을 뻗어 그의 목덜미를 잡으려는 순간, 찰리는 으아아아, 괴성을 내지르면서 힘차게 밖으로 몸을 내던진다. 순식간에 허공으로 뛰어내리는 찰리의 뒷모습.

급히 뛰던 발걸음을 멈추고 깨진 유리창에 모여드는 엘리사, 줄리엣, 드레퓌스, 그리고 사람들, 사람들. 그들의 등이 보인다. 엘리사의 등엔 도드라져 보이는 브래지어의 흰 끈. 줄리엣의 등엔 ‘우리나라 동물 병원’이라는 앙증맞은 검은색 글씨가 부채꼴로 수놓아져 있다. 줄리엣은 손에 작은 몽키 스패너를 들고 있다. 몽키 스패너가 손에서 스르르 빠져나와 바닥에 툭 떨어진다. 찰리가 두고 간 커다란 몽키 스패너 옆에 떨어진다. 꼭 어미와 새끼 같다.

카메라 빠르게 회전하여 거리의 풍경을 보여준다.

길을 지나던 행인들——느닷없이 하늘에서 떨어진 남자와 그 남자가 내지른 비명과 유리창 깨지는 소름 끼치는 소리와 눈발처럼 날리는 유리 조각과 예고 없이 쏟아지는 비에 경악한다. 사람들은 놀란 표정으로 찰리 주위에 조심스레 다가간다. 산산조각 난 유리가 사방에 눈처럼 깔려 있다. 사람들이 모여들면서 유리를 밟는다. 소름 끼치는 소리가 난다.

찰리는 널브러져 있다. 두 다리와 두 팔은 본체에서 떨어져 나간 부속처럼 잿빛 도로 위에 아무렇게나 놓여 있다. 여름날, 아이들에게 패대기당한 개구리처럼 뻗어 있다. 그 가련한 등 위로 비가 쏟아진다. 애인과 함께 건들거리며 걷던 한 남자가——남의 일에 참견하기 좋아하는 인상——죽었나 살았나 궁금한지 천천히 손을 내밀어 찰리를 건드려본다.

여자  만지지 마. 죽었잖아. 시체는 함부로 손대면 안
      돼. 현장을 잘 보존해야 돼. 나중에 경찰서에서
      오라 가라 하면.
남자  괜찮아. 아직 살았을 수도 있잖아. 걱정 마. 내
      가 누군데.

시체를 뒤집는다. 뒤집어보는 순간 크억, 비명을 내지른다. 주위 사람들 모두 동시에 각양각색의 비명을 내지른다.

찰리의 얼굴 스크린 가득 확대. 얼굴에 번진 붉은 피, 아스팔트에 흐르는 가느다란 한 줄기 핏물, 유리창에 찢긴 상

처와 옷. 찰리는 이미 죽었는데 입에 무언가가 물려 있다.

컴퓨터의 마우스다. 마우스가 반쯤 찰리의 입에 박혀 있다. 가느다란 흰 선이 끊겨져 길게 (20센티미터 쯤) 늘어져 있다. 불룩한 입과 마우스, 클로즈업.

영화 제목, '마ㅜ스──mouse'가 나온다.

영화가 본격적으로 시작한다.

사랑하는 나의 관객들이여, 영화 보면서 팝콘──비위 상하는 그 냄새──먹지 맙시다. 사건 전개를 잘 이해하지 못하는 애인에게 소곤거리면서 설명하지 맙시다──'내 애인 멍청하오.'라고 광고하는 것이나 마찬가지니. 외국 영화 보면서 큰 소리로 번역하지 맙시다. 제발!

# 4 경찰서 조사실

온통 음울하게 칠해진 회색 벽. 그곳에 납작하게 눌려 죽은 파리의 검은 시체가 붓으로 그린 난처럼 붙어 있다. 문은 강한 인상을 주는 회색 철제문. 문을 여닫을 때마다 녹이 슨 경첩에서 나는 빠지직거리는 소리가 등골을 내리누르듯 퍼진다. 문의 윗 부분에는 쇠창살 창문이 있다. 그 창문은 무척이나 답답해 보인다. 천장엔 육십 촉 전구가 교수대의 올가미처럼 매달려 조금씩 흔들린다.

낡은, 전형적인 관공서용 철제 책상이 한가운데 있고 드
레퓌스와 경찰관 마주 보며 앉아 있다. 경찰관은 노련한 몸
짓의 사십 대 초반. 그는 꼿꼿한 자세고 드레퓌스는 약간
굽은 자세. 날카로운 눈을 지닌 제복 차림의 경찰관. 흔히
피의자의 취조는 사복 차림의 형사 담당이지만 이 영화에서
는 그렇지 않다. 제복의 경찰관은 무언가 정형화된 (복제된)
인상을 준다.


경찰관  당신의 정체는?
드레퓌스  난 컴퓨터 프로그래머요.


경찰관, 갑자기 속이 거북한 듯 트림을 끄억, 한다. '그래
너 잘났다.' 하는 표정이다.


경찰관  (갑자기 책상을 쾅 치며, 삿대질하며) 당신들이
        말이야. 피살자를 뒤에서 쫓은 것 아냐? 그래서
        공포를 느낀 찰리가 뛰어내린 것 아냐?
드레퓌스  (어안이 벙벙하여) 아니에요. 나와 엘리사는 찰
        리에게 '돌아와.', '컴백 홈' 하고, 불렀을 뿐이에
        요. 우리는 그를 붙잡기 위해 뒤쫓았어요. 그런
        데 그가 갑자기 뛰어내렸어요.
경찰관  그랬다면 자살이지만, (조사 용지에 '컴배콤'이라
        기록한다.) 당신들이 찰리를 협박하고 무언가 공
        포감을 안겨주어 그가 뛰어내렸다면, 뛰어내리
        게 만들었다면, 뛰어내릴 수밖에 없는 상황을

조성했다면, 그건 살인이야.
드레퓌스 (표정을 일그러뜨리며, 경찰관이 듣지 않게 '제기
       랄' 소리를 내뱉는다.) 그는 자살했어요. 그는 스
       스로의 의지로 뛰어내렸어요. 우리는 가해자가
       아니에요. 우리는 그를 붙잡기 위해 뛰어갔어
       요. 우리는 그에게 뛰어내리라 말하지 않았고,
       (숨을 거칠게 내쉬며) 뛰어내리기를 바라지도 않
       았어요.


  그의 말을 받아 적는다. 또박또박 글씨를 쓰는 경찰관의
깨끗한 손. 그는 침착하다. 기록을 마친 경찰관이 문득 고개
를 든다. 날카롭게 빛나는 눈, 그러나 피로한 기색이 곰팡이
처럼 피어난다. 눈을 들면 그 앞에 엘리사가 다리를 꼰 요
염한 자세로 비스듬히 앉아 있다. 여자의 등이 보이면서 붉
은색의 브래지어가 선명하게 드러난다.


경찰관  당신은 찰리와 어떤 관계죠?
엘리사  나는 호접몽이라는 회사의 사장이에요.
경찰관  호접몽? 이름 한번 야릇하군. 무엇을 하는 회사지?
엘리사  '파란나라'라고 들어봤나요?
경찰관  들어봤어요. 혜은이의 노래.


  경찰관, 의자에서 일어나, 양손을 귀엽게 마주 잡고 박자
에 맞춰 율동을 넣으면서 '파란나라를 보았니 꿈과 행복이
가득한……' 하며 노래를 부른다.

엘리사  호호홋, 쉰세대로군. 그 파란나라가 아니라 사이
        버 월드 파란나라예요.

    무안하여 의자에 털썩 주저앉는 경찰관. 그에 대해 무언
가를 질문하고 싶지만, 사이버라는 단어의 뜻을 이해하지
못해 입을 다문다. 이래서는 경찰관이란 직업도 더 이상 해
먹기 힘들겠군 하는 표정을 짓고는, 다음에 질문하리라 마
음먹는다. 펜을 들어 무언가를 기록한다.

경찰관  또?
엘리사  그리고 빌딩 지하에 있는 카페 '24세기' 주인이
        죠. 난 사람들이 모이는 것을 좋아해요. 그래서
        카페를 하죠. 찰리는 우리 카페에서 노래를 하
        는 무명 가수였어요.

    여자는 담배를 꺼낸다. 심드렁한 표정으로 책상에 필터
부분을 톡톡 친다. 경찰관이 라이터를 켜서 두 손으로 공손
하게 불을 붙여준다. 미국을 상징하는 두 날개 펼친 독수리
가 돋을새김으로 조각된 금빛 라이터다. 거리가 멀어 불이
담배에 닿지 않는다. 경찰관은 일어서 허리를 굽혀 라이터
불을 켠다. 엘리사는 여전히 뻣뻣한 자세로 앉아 있다. 한
모금 빨고 연기를 경찰관의 얼굴에 길게 내뿜는다.

경찰관  (조서에 '사람들이 모이는 것을 좋아한다.'라고 기
        록한다.) 24세기는 너무 이르지 않은가요?

엘리사  그건 (카메라를 똑바로 바라보며) 당·신·이·
         관·여·할·일·이·아·니·에·요……. 사실
         24세기는 그렇게 멀지 않죠. 과학이 눈부시게
         발전해 곧 시간 이동이 가능해질 거예요. 시간
         의 블랙홀을 찾아낸다면 당장에라도 천 년 후
         로 이동할 수 있어요.
경찰관  (그래 너 잘났다 하는 투로) 무·명·가·수라,
         그는 노래를 잘 했나요?
엘리사  그저 그랬어요.


담배 연기를 또 길게 내뿜는다.


경찰관  당신과 드레퓌스가 찰리를 뒤에서 쫓지 않았나요.
엘리사  쫓기는 했지만 우리는 찰리를 붙잡기 위해 쫓았
         어요. 그를 빌딩에서 뛰어내리게 하기 위하여
         쫓아간 것은 아니에요.
경찰관  스스로 뛰어내렸다면 자살이지만, 그 순간에 당
         신들로 하여금, 당신들 때문에 찰리가 뛰어내릴
         수밖에 없는 상황이었다면, 그건 살인인데.
엘리사  거듭 말하지만 우리는 그를 붙잡기 위해 노력했
         어요. 설사 우리가 그를 죽이려 했다면 그런 멍
         청한 방법으로 죽이겠어요? 어찌 보면 그는 장
         소 이동을 했을 뿐이에요. 이동치고는 어리석은
         이동이었지만.

　경찰관이 건성으로 고개를 끄덕이다가 번쩍 고개를 들자, 그 앞에는 줄리엣이 단정한 자세로, 가지런히 모은 두 손을 무릎 위에 올려놓고 앉아 있다. 흰 가운 차림. 그 여자의 등이 보인다. '우리나라 동물 병원'이 부채꼴로 새겨져 있다. 그 아래에는 전화번호도 적혀 있다.


경찰관　당신 손에 몽키 스패너가 들려 있었는데 왜 그걸 들고 있었죠.

줄리엣　몽키 스패너는 죽은 찰리의 것이었어요. 옥상에 올라갔다가 그걸 발견하고 돌려주려 가져온 것인데…….

경찰관　당신은 찰리와 어떤 관계죠?

줄리엣　찰리 씨는 그 건물의 보일러공이에요. 형광등이 고장 나 그가 고쳐주러 몇 번 왔었어요.

경찰관　보일러공이라…… 형광등을 고쳐주러 왔었다……. 몇 번? 당신은 그를 어떻게 생각했나요?

줄리엣　…….


　아무 대답도 하지 않는 줄리엣, 입을 꼭 다문다. 주홍빛 루즈가 예쁘게 칠해져 있다. 안타까움이 섞인 커다란 눈. 눈에 안개가 서린다.


・경찰관　……왜 당신은 찰리를 쫓았죠?

줄리엣　옥상에 올라갔다가 엘리베이터에서 내린 순간 문에서 뛰쳐나오는 그를 발견했어요. 난 그를

불렀어요. 그런데 카페 여사장과 드레퓌스가 갑
자기 그의 뒤에서 뛰쳐나왔고…… 찰리 씨는 달
리기 시작했고…… 나는 엉겁결에 그들을 따라
뛰었어요.
경찰관 엉·겹·결·에…… 당신의 정체는 뭐죠?


## #5 테크노 빌딩의 여기저기

웅장한 위용을 자랑하는 빌딩이 한강변에 자리 잡고 있
다. 그곳은 온갖 첨단 제품이 진열된 테크노 빌딩이다.

정갈한 흰 가운을 입은 줄리엣이 동물 병원 유리벽 안,
쇼케이스 안쪽에 차려 자세로 서 있다. 유리벽 바로 앞쪽은
쇠로 만든 애완용 개들의 우리다. 앙증맞게 작은 개들이 흰
색의 우리 안에서 졸거나, 공을 가지고 장난을 치고 있다.
여자 뒤에 복제양 돌리의 커다란 패널 사진이 붙어 있다.
천장 바로 밑에는 돼지의 해부도——병원에 붙어 있는 인체
해부도 같은 것들——와 소와 흰쥐의 사진들이 붙어 있다.

동물 병원은 테크노 빌딩의 X층에 있다. 그 층의 모습이
비친다. 컴퓨터 가게, TV 매장, 음반 CD 매장, 카메라 매장.
그런 상점들 속에 동물 병원이 있다. 도무지 어울리지 않는
구도로.

수십 개의 형광등이 천장에서 빛난다. 형광등을 들고 걸
어가는 제복 입은 기술자 두셋. 팔에 '전기'라 쓰인 완장을
똑같이 차고 있다. '수도'라는 완장을 찬 사람도 있다. 기술

자들은 복도의 형광등을 살피며 동물 병원 앞을 지나쳐 간다. 그 무리에 섞여 손님들이 바쁘게 지나쳐 간다. 사람들은 빌딩에서 일하는 직원들과 손님들로 양분되는데 기술자는 전부 진한 회색의 작업복이고, 손님들은 전부 검은색 옷차림이다. 모두 같은 옷에, 같은 걸음걸이, 같은 표정. 복제양 돌리같이 저마다 똑같은 차림새다.

동물 병원의 유리창은 맑고 투명하다. 유리벽 안의, 허리 높이의 유리 쇼케이스에는 동물들의 질병을 치료하는 각양각색의 약병들이 진열돼 있고 작고 앙증맞은 애완용 개들이 우리 안에서 놀거나 졸고 있다. 간혹 사람들이 유리에 얼굴을 대고 엉덩이를 뒤로 쭉 빼고 무표정하게 개들을 바라본다. 유리벽에 세로로 안내문이 길게 붙어 있다. '쥐 퇴치 전문'. 종이는 시골집 대문에 붙어 있는 '立春大吉'처럼 촌스럽고 삐뚤빼뚤한 글씨. 약간 비스듬하게 붙어 있다.

문을 밀고 모자를 쓴 한 남자(제약 회사의 영업 사원, 제복 차림이다.)가 상자 서너 개를 안고 들어온다. 여자를 향해 씨익, 미소를 짓는다. 무표정한 줄리엣.


남자 주문한 돼지 정액 항생제 가져왔어요.
줄리엣 이쪽으로 주세요.


상자를 쇼케이스에 내려놓고 바지 뒷주머니에서 전표를 꺼낸다. 줄리엣이 전표를 건네받아 상자 뚜껑을 열고 약병을 헤아린다.

남자  장사 잘 되슈?

줄리엣  ……다섯, 여섯, 일곱…….

남자  여그서 먼 장사가 되겠소. 개도 돈벌이가 되긴
      하지만 요새는 애완용 도마뱀이나 모르모트가
      인기 좋은데, 그거나 들여놓으시지.


줄리엣이 전표에 사인을 한 다음 넘겨준다 ── 남자를 무
시하는 표정 ── 영업 사원은 전표를 주머니에 넣고 멋쩍은
미소를 짓는다. 갑자기 고개를 돌려 카메라를 바라보며 아
나운서 같은 포즈로 진지하게 말한다.


남자  어느덧 우리나라에도 동물을 가축이 아닌 애완
      용으로 기르는 사람이 부쩍 많아졌습니다. 애완
      용으로 기르는 개만 해도 삼백만 마리를 훌쩍
      넘어섰으니까요. 또한 고양이, 새, 햄스터는 물
      론 고슴도치, 원숭이에 이르기까지 국내에서 사
      육되는 애완 동물의 종류도 증가했고 그 수도
      사백오십만 마리에 육박하고 있습니다. 이제 동
      물 기르기는 취미의 차원을 넘어 삶의 일부분
      이 되었습니다. 아무쪼록 동물을 통해 환경 보
      호의 소중함과 동물 사랑의 진솔함을 배웠으면
      좋겠습니다. 집에서 기를 수 있는 애완 동물은
      개를 비롯하여 거북이, 이구아나, 뱀, 다람쥐,
      고슴도치, 마우스, 고양이, 십자매, 카나리아, 물
      고기 등 부지기수로 많습니다.

말이 끝나자 줄리엣을 향해 씩, 미소를 짓고 문밖으로 나
간다.


# 6 보일러실

　곡선으로 부드럽게 구부러진, 칠이 벗겨진 파이프. 그 파
이프에 부착돼 있는 커다란 나사를 조이는 몽키 스패너. 찰
리가 꾀질꾀질한 러닝셔츠 차림으로 모자를 푹 눌러쓴 채
파이프의 나사를 손질하고 있다.
　지하 보일러실——테크노 빌딩의 지하 X층. 아주 굵은
쇠파이프와 가는 파이프, 게이지, 전선, 작고 커다란 밸브가
엉킨 어두운 곳. 벽에는 외국 유명 가수의 낡은 포스터가
붙어 있다. 그 옆에 달력, 근무 수칙, 비상 연락망, 흰 칠판
——흰 칠판에는 수많은 전화번호와 신속 배달 중국집 스티
커가 붙어 있다——이 달의 주요 계획 따위들. 칠판의 표면
에는 뿌연 먼지. 그리고 아주 더러운 컴퓨터 한 대.
　가면을 뒤집어쓴 것같이 무표정한 찰리, 멍청한 듯하면서
도 불만이 많은 얼굴로 음정도, 박자도 맞지 않는 노래를
흥얼거린다. 마지못해 노래를 부른다. 누군가 옆에 있는데
그 사람을 무시하기 위해 억지로 노래를 부른다.
　카메라 서서히 이동하여 찰리 옆의 남자를 잡는다——보
일러실 반장 에이브러햄(이하에서는 반장으로 표기한다.). 흰
양복을 입은 그는 담배 연기를 흩날리면서——머리맡 커다
란 파이프에 금연 패찰이 붙어 있다——무어라 중얼거린다.

#7 경찰서 취조실

　　같은 장소에 같은 자세로 경찰관이 앉아 있고 그 앞에 흰
양복과 나비 넥타이 차림의 반장. 그는 거들먹거리는 자세
로 경찰관이 불쌍하다는 듯 응시한다. 경찰관 역시 반장을
불쌍하다는 듯 바라본다. 담배 연기를 길게 허공에 내뿜고
무례한 자세로 담뱃재를 바닥에 툭툭 턴다.


경찰관　(탁자에 놓여 있는 재떨이를 반장 쪽으로 밀며)
　　　　당신과 같이 일한 찰리는 성격이 어땠소?
반장　　내성적이고 소심하고 꽁한 데가 있고 비밀이 많
　　　　은 녀석이었지. 민주 시민이 될 자격이 부족해.
　　　　민주 시민은 첫째, 투표를 잘해야 하거든. 근데
　　　　그 녀석은 기권했어.
경찰관　(어찌 내가 맡은 사건의 관련자들은 다 이런 사람
　　　　들뿐이냐며 질렸다는 표정으로) ……찰리는 평소
　　　　어떤 일로 괴로워한다거나 (조서에 '기권했다'라
　　　　고 기록한다.) 누군가와 은밀한 거래를 한다거나
　　　　숨어서 색다른 일을 한다거나 하지는 않았소?
반장　　그러지 않았소. 우리는 하루 일하고 하루 쉬는
　　　　데, 녀석은 쉬는 날이면 그저 보일러실 침대에
　　　　서 잠만 잤지. 그 녀석은 자기 자신의 존재에
　　　　대해, 존재성에 대해 (짧은 순간 경찰관의 어리
　　　　둥절한 표정이 카메라에 잡힌다.) 잘 모르는 녀석
　　　　이었지. 간혹 컴퓨터도 하긴 했어. 무슨 게임을

하는 것 같은데, 그것 하나는 재주가 있더라고.
한번 잡았다 하면 열두어 시간을 하더라고. 그
때는, 그때만은 자신의 존재성을 깨닫는 것 같
았어. 그러나 그게 그 녀석의 현존재는 아니지.
그런데 녀석은 그걸 몰랐어. 실제 세상에 놓여
있는 자신이 자신임을, 현존재임을 그는 알지
못했어. (경찰관의 어리둥절한 표정이 화난 표정
으로, 잠시 후 허탈한 표정으로 변한다.) 어쩌다
일이 끝나면 카페에 내려가 앉아 있곤 했지: 가
수가 되는 게 꿈이었는데, 그저 꿈이었소. 난
민족의 지도자로서 그가 제몫을 다하는 민주
시민이 되기를 바랐지만 그는 그러지 못했소.
통한스러울 뿐이오.

경찰관 카페 여사장의 말에 의하면 카페에서 노래를 불
렀다고 하던데.

반장 그렇지 않았소. 난 일이 끝나면 꼭 카페에서 술
을 한 잔씩 마시곤 했지. 근데 그가 노래 부르
는 모습을 본 적은 한번도 없었소. 노래는 주로
무명 가수들이 했지. 패튀김, 조용팔, 너훈아 그
런 애들이었소. 무명 가수는 많았지만 녀석은
그 무대에 서지 못했소. 녀석이 노래를 좋아하
기에 카페 여사장한테 소개시켜 주기는 했는
데…… 퇴짜를 맞았어. 비자…… 뭐라더라 희한
한 이름을 가진 무명 가수도 한 명 있었지.

경찰관 반장님 이름은 낯설지 않은데.

반장  그럴 거외다. 이래봬도 난 유명한 사람이거든.
차츰 날 알게 될 거요.


# 8 파란나라 central office


아주 커다란 사무실에 모던하고 정갈한 책상들이 반듯하
게 삼 열 종대로 자리 잡고 있다. 검은색 옷을 입은, 비슷비
슷한 생김새의 많은 남자들이 ── 여자는 한 명도 없다 ──
복제품 같은 느낌이 드는, 반듯한 자세로 책상에 앉아 일사
불란하게 움직이고 있다. 책상 위에는 컴퓨터만 놓여 있다.
사람들은 한결같이 오른손으로 마우스를 쥐고 있다. 컴퓨터
의 윙윙거림, 음악이 흐르듯 빠르게 키보드를 두드리는 소
리, 소리들.
그들의 앞에, 운동장의 구령대를 떠올리게 하는 커다란
책상. 그 책상 뒷벽에는 그 회사의 상징인 듯한 휘황찬란한
깃발이 붙어 있다. 깃발은 도시의 안내도 같다. 그 옆에는
구호가 적혀 있다.


새로운 사이버 세계 ── 파란나라
파란나라는 아직도 당신을 기다리고 있습니다.

# 9 테크노 빌딩의 복도

　짧은 원피스의 엘리사, 경쾌한 걸음으로 지나가다가 동물병원 앞에서 멈춘다. 유리창에 '모르모트 입하'라고 쓰인 광고문이 붙어 있다. 손을 들어 이마에 대서 형광등 불빛을 가리고 병원 안을 살핀다. 흰 가운을 입은 줄리엣이 차려 자세로 서 있다. 통나무 같기도 하고 등대 같기도 한다. 엘리사, 안으로 들어간다.

　(유리창 밖에서 안을 통해) 손짓을 해가며 줄리엣과 무어라 무어라 얘기하는 엘리사의 뒷모습. 잠시 후 밖으로 나온다. 흰색의 작고 앙증맞은 모르모트가 담긴 철망을 들고 있다.(이 시간 이후로 엘리사는 항상 모르모트가 담긴 철망을 들고 다닌다. 이 사실을 잊지 말도록.)


# 10 파란나라 central office

　안경 너머로 모니터를 뚫어져라 응시하는 드레퓌스. 마우스를 움켜쥔 욕망의 흰 손, 불끈불끈 솟아나는 손등의 붉은 핏줄, 프로그래머들의 빛나는 눈들, 쏘아보는 눈들, 이글거리는 눈들, 그들의 꿈과 희구 —— 새로운 세상의 도래. 납 활자 시대의 표현으로 —— 상전벽해(桑田碧海)하기 위한 뜨거운 정열.

　오등(吾等)은 자(玆)에 아(我) 자유를 선포하노라, 차(此)로써 세계만방에 고(誥)하노라.


## # 11 사이버 월드

그들이 건설한 사이버 월드. 그곳의 명칭은 '파란나라'.
그 세계는 컴퓨터 속에서만 가능하다. 그리고 당신의 마음
속 깊은 곳에.
이 가상의 세계(도시)에서는 누구나 자신의 새로운 모습
을 창조해 내고 새로운 인간의 모습으로 살아갈 수 있다.
세계는 기실, 자기 모습의 재현에 불과하다. 세계는 객관
적이 아닌 주관적 대상으로서, 매번 우리가 마음먹은 모습
대로 우리 앞에 나타난다. 우리는 자신의 세상으로부터 자
기 스스로를 알게 된다.
홈페이지 주소는 'http//www.newbluecity.com'이다.

한 남자가 그 주소를 입력한다.
안내문이 펼쳐진다.

Welcome to my 파란나라. 당신은 현재의 당신에 만족하십니
까? 완벽한 변신을 원하신다면, 우리 '파란나라'의 시민이 되십
시오. 파란나라의 조감도를 눈여겨보시기 바랍니다. 인간이 건
설한 가장 완벽한 도시가 펼쳐집니다. (모니터에 모습을 드러
내는 파란나라. 파란나라는 하나의 도시다. 15인치 모니터로 그
영토를 전부 보여줄 수 있다. 우리는 곁눈질 한번에도 그 도시

전체를 파악할 수 있다. 이렇게 파란나라는 원형으로 우리 눈앞에 나타나는 하나의 도시에 불과하지만, 실은 우주만큼 광대하다. 대우주는 실로 무한대의 것이어서 결코 그 무엇도 거기에 첨가될 수 없고 그 어떤 부분도 거기에서 분리될 수 없다. 아무도 그 끝을 알 수 없다. '이 도시의 끝이 어디인가?' 하는 질문은 '우주의 끝이 어디인가?' 하는 질문처럼 난감하다. 또한 파란나라에서는 무한히 많은 사람들이 살 수 있다. 지구인 모두가 그곳으로 이주하여 현재의 모습 그대로 살 수 있다.)

지금 당장 시민권을 신청하시기 바랍니다. 한번 가입으로 평생 파란나라의 네티즌이 될 수 있습니다. 귀하가 어떤 종류의 네티즌으로 살아갈 것인가 역시 자유 의지입니다.

세상을 사는 현존재가 세상을 살아가는 행위는 곧 자기 자신의 존재의 수준과 질을 반영합니다. 세상은 당신의 의지만큼 구성되고 재현됩니다.

당신은 당신이지만, 세계를 호령하는 제국의 황제, 추악한 재벌 그룹의 실세, 난세를 극복하는 대통령, 무자비한 갱단의 두목, 고독한 킬러, 기민한 은행 강도, 불굴의 의지를 지닌 특공 침투 요원, 모순 뒤에 가려진 진실을 파헤치는 신문 기자, 요염한 호스티스, 삼천궁녀를 거느린 황제, 노벨 문학상을 거부하는 시인, 백만 명의 팬을 보유한 록 가수, 백발의 교수, 화가, 누드모델, 카레이서, 아인슈타인을 능가하는 과학자, 철학자, 청소부, 거지, 수의사, 부랑아도 될 수 있습니다. 물론 당신이 원한다면 당신은 피노키오, 이상한 나라의 앨리스, 마징가 제트, 둘리, 돌고래, 판다, 돌맹이, 자동차, 자동차의 바퀴, 바퀴에 묻은 모래알도 될 수 있습니다. 파란나라의 네티즌은 종류가 무려 칠만오천 가지를 넘습니다. 피부색과 헤어스타일과 눈의 모양과 외모를 무제한으로 선택할 수 있습니다. 여자가 되고 싶은 남자들, 남자가 되고 싶은 여자들, 절대 망설이지 마십시오.

당신은 이제껏 사회의 인습과 획일적인 교육 덕분에 모범생으로 자라나기를 강요받아 왔습니다. 그러나 이 가상의 세계에서는——당신이 그토록 원했던——불량 시민이 될 수 있습니다. 타인에게 못된 짓을 딱 한번만 했으면 좋겠다는 생각을 꿈꾸어 왔다면 당신은 이 공간에서 조직 폭력배가 될 수 있습니다. 평생 나쁜 짓만 해왔다면 당신은 이 공간에서 도덕적으로 완전무결한 모범 시민이 될 수 있습니다. 피가 끓는 사랑을 원하신다면 당신은 물론, 사랑을 하실 수 있습니다.

시민권이 부여되는 즉시 당신이 거주할 집을 선택할 수 있습니다. 사이버 월드 '파란나라'에서 옷을 살 수 있고 세계 각국을 여행하실 수 있으며 진귀한 음식을 먹을 수 있고 멋진 사람과 데이트를 할 수 있습니다.

망설이지 마십시오.

(주) 호접몽 —— 파란나라


이제 당신은 책을 덮으라. 사이버 월드의 실체를 당신의 눈과 몸으로 직접 체험하라. 당신에게 눈이 없다면 당신의 두뇌로 체험하라. 당신에게 몸이 없다면 당신의 마음으로 체험하라. 지금 즉시 http//www.newbluecity.com을 탐험하라. 전혀 경험해 보지 못한 경이의 세상이 당신의 눈앞에 펼쳐지리라. 당신은 현실의 당신 외에 또 다른 네가 될 수 있다. *Good Luck!*

또한 파란나라에는 인간이 창조한, 고대로부터 현재에 이르기까지의 모든 예술과 사상이 있다. 공자부터 미셸 푸코까지, 고대 인도 사상부터 맥과이어주의까지, 예술 공예 운동과 심미주의 운동, 아르누보, 근대화 운동, 아르데코와 모데른의 대항, 옵(Op), 초현실주의, 하이테크, 포스트모더니즘, 형이상학, 사회생태주의, 헤겔 주체 개념, 정반합일, 데카르트 관념론, 칸트 윤리학, 페미니즘, 쇼비니즘, 인식론, 소피스트, 스콜라 철학, 신비주의, 탐미주의, 글로벌리즘, 정보 하이웨이, 게이, R&B, 힙합, 하드부기, 아방가르드, 솔, 얼터너티브 록, 유미주의, 주지주의, 네오 클래시컬 퓨전, 로큰롤, 다다이즘, 블록버스터, 네오 누아르, 밀레니엄 프로젝트, 애니메이션, 테크노 액션 판타지, 사이코 스릴러, 쾌락주의, 마조히즘, 미니멀 아트, 변증법, 주체사관, 프랙탈, 카오스.


\# 12  야외


전형적인 시골의 농가, 돼지우리.

흰 가운을 입은 줄리엣이 우산을 들고 돼지우리로 들어선다. 세 명의 텁수룩한 농투성이가 무릎까지 올라오는 검은색 장화를 신고 그 뒤를 따라 들어온다. 깨진 슬레이트 지붕을 따라 빗물이 두두둑 땅으로 떨어지고 땅은 질퍽질퍽하다. 줄리엣의 빨간 하이힐은 온통 흙투성이다. 우산을 접어 통나무에 기대 세우고 신발 밑바닥을 시멘트 바닥에 슥슥 문질러 흙을 떼어내는 줄리엣.

　돼지 몇 마리가 우리 안에서 끊임없이 코를 벌름거리며
이리저리 오간다.


줄리엣　저 돼지예요? 인공수정할 돼지가.

농부 1　냐.

줄리엣　튼튼해 보이는군요. 전에 정액을 채취한 적이
　　　　있었나요.

농부 2　아뇨. 처음입니다. 총각이죠.

줄리엣　시작할까요. 수돼지는 암돼지로부터 성적 자극
　　　　을 받게 되면 성적 흥분이 일어나고, 이 흥분이
　　　　척추 신경을 통해 사정 중추에 전달됨으로써
　　　　사정을 하게 되죠. 정액 채취 시에는 의빈대가
　　　　필요합니다. 의빈대는 나무로 만든 암돼지라 생
　　　　각하면 됩니다. 암돼지만 한 높이로 만들어서
　　　　수돼지가 뒤에서 올라타기 좋게 하는 일종의
　　　　틀(받침대)입니다. 의빈대 위에 암돼지의 오줌이
　　　　나 질 분비액을 발라주면 훈련이 용이합니다.
　　　　정액의 채취 장소는 가급적 일정한 곳이 좋습
　　　　니다. 여기서 하는 게 좋겠네요. 저 돼지에게
　　　　익숙한 장소니까. 돼지도 사람과 마찬가지예요.
　　　　자기에게 익숙한 장소에서 그걸 하는 게 더 좋
　　　　거든요.

농부 3　선상님도 그러나요.

줄리엣　저요? 저야 뭐 아무 데서나. (황급히 손으로 입
　　　　을 가리며) 내가 무슨 쓸데없는 소리를!

농부 1이 수퇘지를 끌고 와 나무틀(의빈대)에 세운다. 돼지는 세차게 꿀꿀거린다. 꿀꿀거리는 소리가 논과 밭과 산에 메아리친다. 밀짚모자를 쓴 남자가 돼지의 앞다리를 들어 틀에 걸치자 한 남자는 뒤편에서 돼지의 등을 내리눌러 고정시킨다. 돼지의 자세는 수캐가 암캐와 흘레붙는 ── 우리가 간혹 골목에서 보는 그 불손한 자세 ── 자세다.

줄리엣  의빈대를 이용한 수퇘지의 정액 채취 방법은 수압법(手壓法)과 인공질법, 두 가지가 있습니다.

줄리엣은 가방을 열어 고무장갑을 끼고 돼지 옆에 쭈그리고 앉아 손을 뻗어 수퇘지의 돌출된 성기를 부여잡는다. 성기 앞에 유리 시험관을 댄다.

줄리엣  수압법은 소독된 고무장갑을 끼거나 맨손으로 돼지 음경의 끝 부위를 강하게 쥐고 (이렇게) 규칙적으로 압력을 가하여 사정을 시키는 방법인데, 사정 시간은 돼지마다 달라 짧게는 3분에서부터 25분까지 소요됩니다. 사람의 경우나 비슷하죠.

줄리엣은 박자에 맞춰 손을 움직인다. 돼지는 부드럽게 요동치고 허공을 향해 꿀꿀거린다.

농부 1  히히, 자쓱 좋은개벼.

줄리엣  당연히 좋죠. 몇 분이나 하려나. 아저씨는 긴 편
      인가요?
농부 1  나요? 난 뭐, 내 와이프가 뽕갈 만치는 하지.
농부 2  거짓뿌렁 하덜 마러. 니 와이프가 맨날 우리 집
      사람한테 와서 재미읎서 못살겠다고 푸념을 늘
      어놓는디.
농부 1  누가 그 따위 소릴 하는겨.
줄리엣  알았어요. 그만 하세요, 돼지가 움직이잖아요.

줄리엣의 손놀림이 빨라진다. 갑자기 돼지가 격정적으로
몸을 요동치며 꿀꿀, 꿱꿱 소리를 내지른다. 의빈대가 흔들
리고 남자들이 비틀거린다. 꿱꿱 소리가 최고조에 올라가는
순간 우유 같은 정액이 유리관으로 쏴아아 쏟아진다.

농부 3  자슥, 좋은개벼, 소리 한번 걸직하네.
농부 1  딛기 좋냐, 부럽냐. 넌 이런 소리 한번도 안 들
      어봤잖녀.
농부 3  이 자슥이, 너, 성님을 자꾸 놀릴래.
줄리엣  그만 조용히 하세요.

줄리엣은 허리를 펴며 일어선다. 두 다리에 힘을 주면서
유리관의 정액을 흔든다.

　모니터를 들여다보면서 보고하는 드레퓌스. 책상에는 모르모트가 담긴 철망, 모르모트는 곧 까무라칠 것처럼 발을 구르며 찍찍거린다.
　거만한 자세의 엘리사. 드레퓌스는 언짢은 기색으로 쥐를 흘끔흘끔 노려본다.


드레퓌스　파란나라 가상 도시가 완성됐습니다.
엘리사　오케이. 그 도시의 이미지 캐릭터로 마우스를 쓰도록.
드레퓌스　마우스라뇨?
엘리사　마우스 모르나. 생쥐 말이야, 생쥐. 생쥐를 그 도시의 캐릭터로 쓰란 말이야.
드레퓌스　생쥐는 별로.
엘리사　시키면 시키는 대로 해.
드레퓌스　옙!


　엘리사가 카메라를 쳐다보며 말한다.


엘리사　만약 인간이 사라진다면, 무엇이 지구를 지배할까요? 인간이 지구상에서 사라진다면 지구를 지배할 후보 1순위는 쥐입니다. 쥐는 뇌가 상당히 발달해 있으며 번식력도 뛰어납니다. 또 무엇이든 잘 먹고 어디서든지 살 수 있는 끈질긴

적응력과 생명력을 갖추고 있습니다. 그러므로
사람이 멸망하면 —— 반드시 그러하리라 —— 쥐
가 지구를 지배하게 될 것입니다. 어떤 모습일
까요?


# 14 보일러실

반장이 몽키 스패너를 들고 밖으로 나가기 위해 발을 문
턱에 걸치고 있다.


반장  내가 지금 나갈 것 같니, 들어갈 것 같니?
찰리  (무시한다.) ······.
반장  (무안한 듯) 오늘 전기실 김 기사가 휴가 갔거
      든. 저기 8층, 동물 병원 있지. 거기 형광등이
      나갔다고 전화 왔었어. 네가 가서 손 좀 봐줘.


피아니스트가 피아노를 치듯 컴퓨터 키보드를 두드리는
찰리.


찰리  전 보일러공이지 전기공이 아니에요. 그리고.
반장  알아, 알아. 하지만 바쁘면 다른 사람이 대신 봐
      줘야지. IMF가 끝났어도, 불경기라 사람을 잘랐
      는데 어떻하나. 위대한 지도자는 자신의 몸을
      던져 서민들의 아픔을 보살펴야 해. 거기 여자

수의사가 예쁘더라.

찰리 (계속 무시한다.) ······.

반장 넌 네가 보일러공인 줄은 아니? 그거라도 알면
다행이구나. 그러나 넌, 인식론적으로 실제, 네가
보일러공임을 인식하지 못하고 있어. 넌 네 존재
에 대해 무언가 자각의 오류를 범하고 있어. 보
일러공으로서 너의 관심은 보일러에 있지 않고
욕망적인 물질의 일상적 관심에 쏠려 있지. 그
관심은 욕망이고 바람이지만 충동일 수도 있어.
너의 존재는······.

찰리, 짜증스러운 표정으로 벌떡 일어선다. 벽에 걸려 있
는 옷을 내려 주섬주섬 입는다. 공구 벨트를 허리에 찬다.
벨트에서 드라이버 하나를 꺼내 손에 들고 문을 나선다. 그
모습을 지켜보는 반장.

카우보이가 총을 돌리듯 드라이버를 빙글빙글 돌리면서,
황야의 무법자 같은 걸음걸이로 휘파람을 불면서 복도를 걷
는다. 복도에 아무도 없자 갑자기 총을 겨누듯 한 발을 뒤
로 쭉 빼고 드라이버를 앞으로 겨눈다. 그때 땡! 소리와 함
께 엘리베이터 문이 활짝 열린다.

엘리베이터 안에 탄 사람들의 쏟아지는 시선. 찰리는 무
안하여 멋쩍은 표정으로 드라이버를 벨트에 꽂는다.

# 15 동물 병원 앞 복도

우뚝 선다. 병원은 작은 동물원 같다. 찰리는 손을 들어 이마에 대고 깜박거리는 형광등 불빛을 가리고 병원 안을 기웃거린다. 찰리의 얼굴에 번지는 바보 같은 미소. 흰 가운을 입은 여자의 뒷모습. 안은 희미하게 어둡다. 여자는 우리 안에서 무언가를 꺼내려 한다. 여자의 손에 들려 있는 것은 작은 치와와. 강아지는 아픈 듯 비명을 내지른다.

찰리는 깨끗한 유리문에 손을 턱 짚는다. 황야의 무법자가 카페 문을 밀치는 듯한 자세. 유리문에 기름기 묻은 손바닥 자국이 선명하게 남는다. 고개를 돌려 찰리를 바라보는 줄리엣은 얼굴을 찌푸린다. 우리 밖으로 개를 꺼내다가 놓친다. 개는 열린 문틈으로, 찰리의 다리 사이로 빠르게 달려 도망친다.

줄리엣  어머, 저 개.

줄리엣이 황급한 비명을 내지르자 찰리가 몸을 돌려 복도로 뛰쳐나간다. 줄리엣이 그 뒤를 쫓는다. 그러나 유리문이 닫히면서 그 틈에 그녀의 손가락 하나가 약간 낀다.

줄리엣  꺄악.

두어 걸음 뛰던 찰리는 줄리엣의 비명에 몸을 돌린다. 유리문 틈에 낀 손가락, 다시 엉거주춤 돌아선다.

줄리엣  꺄악, 저 개, 저 개 잡아.


　찰리는 이쪽으로 갈까, 저쪽으로 갈까 망설인다. 줄리엣
에게 두어 걸음 왔다가 개에게 두어 걸음 갔다가. 그새 개
는 쪼르르 뛰어 복도를 꺾어 시야에서 사라진다. 손을 움켜
쥔 줄리엣이 찰리를 밀쳐내고 개를 쫓아 뛰어간다. 줄리엣
의 호들갑스러운 뒷모습을 망연히 바라보는 찰리.


　찰리  개 같은.


# 16 보일러실


　게이지의 바늘을 살피는 찰리. 어둠과 심란스러움이 뒤섞
여 있다. 흰 양복을 입은 반장이 의자에 파묻혀 찰리를 향
해 중얼거린다.


　반장  이 난국을 극복하는 방법은 딱 하나야.


　찰리는 그저 흥흥거리면서 나사를 조인다. 반장은 찰리가
듣거나 말거나 계속 중얼거린다.


　반장  우리나라 모든 은행을 외국놈들에게 전부 파는
　　　　거야. 은행을 팔면 돈이 남을 것 아냐. 그 돈을
　　　　그 은행에 집어넣고 그 이자로 먹고사는 거야.

내가 대통령이라면 그렇게 하겠는데.

찰리는 그저 흥흥거리면서 나사를 조인다. 계속 중얼거리
는 반장.

> 반장  보자, 은행이 전부 몇 개냐. 그래도 스무 개는
>       넘을 거 아냐. 그걸 다 팔면. 은행 한 개당 천억
>       씩만 받아도 얼마냐. 야, 야, 그럼 얼마냐?
> 찰리  얼마긴 얼마예요. 그저 똥값이나 되려나.
> 반장  넌 금으로 똥을 싸니.

반장은 일어서 옷을 톡톡 털고 거울을 바라보며 옷매무
새를 가다듬는다. 거울 옆에 대통령 선거 포스터가 붙어 있
다. 무소속의 기호 9번, "대통령 잘 뽑아야 내 생활 편안하
다." 포스터의 주인공은 반장이다.

> 반장  애. 술이나 한잔 하자. (찰리가 고개를 젓는다.)
>       아 참. 너는 술 못하지. 너 내일 비번이잖아. 비
>       번이나마나 여기 있을 건데. 넌 친구도 없냐.
>       넌 하루 종일 햇빛도 안 비치는 이곳에서 무슨
>       재미로 사니. 밖에 나가 좀 돌아다니고, 여자도
>       만나고 그래라.
> 찰리  만나고 싶지 않아요.
> 반장  너 이제껏 여자랑 말 한마디라도 해봤니, 너네
>       엄마 빼고.

찰리 …….

반장 너 여자 손 한번이라도 잡아봤니, 키스는 해봤
니, 그것은 해봤니? (찰리가 고개를 번쩍 들고 반
장을 노려본다. 무언가 말을 할 듯 말 듯 입을 실
룩거린다.) 넌 도대체 꿈이 뭐니?

찰리 ……가수요.

반장 가수? 여기 이렇게 처박혀 있으면 가수가 된다
던. 가수가 되려면 노래 연습도 하고 악기도 다
루고 작곡가도 만나고 그래야지. 하긴 네가 만
나는 사람이 있느냐만. 넌 네 존재의 현존재적
존재성에 대해 한번이라도 진지하게 심사숙고
해 본 적 있니?

찰리 ……태어나면서부터 가수인 사람은 아무도 없었
어요.

반장 그런데 넌 친구 한 명이라도 있니?

찰리 세상에 친구 없는 사람도 있어요.

반장 너! 너 없더라. 넌 여기서 일한 지 2년 가까이
됐어도 너 찾는 전화는 단 한번도 없었다. 넌
어째 그 흔한 핸드폰도 없냐.

찰리 전화가 있는데 핸드폰이 왜 필요해요. 나한테
연락할 일 있으면 전화하면 되잖아요.

반장 그래도 현대인에게 핸드폰은 필요한 거야.

찰리 웃기는 소리 말아요. 그럼 옛날엔 핸드폰 없어
서 아무 일도 못했겠네요. 말도 안 돼. 낭비야
낭비. 전화 있는데 핸드폰을 만든 건 멍청하고

아둔한 짓이야. 낭비의 극치야. 아무 쓸모 없는
문명의 쓰레기야. 돈에 눈이 먼 자본주의의 이
기주의에 놀아나는 천박한 추종이야.
반장 아쭈, 터진 입이라고 말은 잘하네. 네가 그렇게
말 많이 하는 건 처음 봤다. 별일일세그려.

반장은 뒤를 슬쩍 돌아보며 문을 민다. 문을 미는 투박한 손.


# 17 카페 24세기

손으로 문을 밀자 문이 열리면서 술 냄새와 진한 향수 냄
새가 바람결에 흘러나와 코를 간지럽힌다. 등대처럼 점점이
불을 밝힌 어두운 카페. 정면에 작은 무대가 있고 무대에는
마이크와 드럼이 설치되어 있다. 호두나무로 마감한 기다란
카운터와 오밀조밀 놓여 있는 탁자들. 카페 안은 어찌 보면
촌스럽기도 하고 어찌 보면 세련되기도 한 실내 장식이다.
「양들의 침묵」에 나오는 유괴범의 집 같기도 하고 「스타워
즈」의 세트 같기도 하다.
어두운 실내의 벽면 무대에 써치라이트 빛을 받으며 노
래하는 가수가 있다. 천장에 '오늘의 초청 가수 —— 조용팔'
이라는 플라스틱 팻말이 흔들거린다. '도대체 저런 옷은 어
디서 사나' 싶은 옷을 잘 차려입은 조용팔은 뺀질뺀질한 자
세로 흐느적흐느적 노래를 부른다.
그 가수의 모습과 보일러실에서 노래하는 찰리의 모습이

번갈아 비친다. 청바지를 잘라 끝이 너덜너덜한 반바지, 윗
몸은 알몸인 (몸매는 보잘것없다. 옆구리의 갈비뼈가 그대
로 드러난다.) 찰리는 보일러실의 간이침대에 걸터앉아 기
타를 치면서 노래를 부른다. 그가 부르는 노래는 자작곡인
듯싶다.

　찰리는 침대에서 벌떡 일어서 악을 쓰면서, 발작적으로
기타를 두드리며 노래한다. 갑자기 기타를 침대에 내던진다.
갈비뼈를 기타 삼아 딩가딩딩가딩 줄 긁는 시늉을 하며 노
래한다.


　"은행을 팔아, 팔아 양코배기들에게 팔아, 팔아 쪽발이들에
게 팔아, 팔아 러시아 곰들에게 팔아 팔아 돈을 벌자."


　(장면이 바뀐다.) 기다란 나무 스탠드 앞에 앉아 맥주를
마시는 반장, 그 옆으로 흰 가운을 입은 줄리엣이 다가와
앉는다. 둘은 상대의 얼굴을 흘끗 바라보고 무표정하게 술
을 마신다. 그녀의 손가락에 붕대가 애교스럽게 감겨 있다.


　반장　흠, 쥐 장사는 잘 되오?
　줄리엣　덕분에요.


　차갑게 말하고 줄리엣은 가수를 바라본다. 비꼬는 목소리
로 나직이 중얼거린다.


　줄리엣　복제품 같아.

맥주병을 들어 잔에 따른다. 반장에게 권한다. 잔이 크게 확대되면서 잔을 쥐어든 손. 손의 주인공은 찰리로 바뀐다. 늦은 시각. 카페에는 네댓 쌍의 연인들, 줄리엣이 앉았던 자리에 찰리가 앉아 있다. 찰리는 잔을 들어 벌컥벌컥 마신다. 잔을 탁자에 거칠게 꽝, 내려놓는다. 검은 액체에 보글보글 거품이 오른다. 콜라다. 트림을 길게 한번 하고 노래를 부르는 무명 가수를 가소롭다는, 울화통 터지는, 짜증나는, 부러운, 냉소적인, 질투심이 섞인 표정으로 노려본다.

'모름지기 노래라 하는 것은, 음, 뭐랄까, 음, 하여튼, 도대체 저 따위를 노래라고! 못해! 너무 평범해! 내게 기회가 주어진다면 정말 멋지게 노래를 부를 수 있을 텐데, 제길, 사람들은 나의 진가를 모른단 말이야. 한번만 기회가 주어진다면 멋지게 해낼 수 있을 텐데. 단 한번만이라도.'

쓸쓸한 표정으로 다시 콜라를 따른다. 입에 댔다가 가수를 노려봤다가 다시 병에 따른다. 같은 동작을 되풀이한다. 병에서 콜라를 졸졸 따른다.


# 18 동물 병원


검은 물—콜라 같은 색깔—을 큰 병에서 작은 병으로 따른다. 줄리엣이 검은 물이 담긴 작은 병을 박자에 맞춰 흔든다. 그녀 앞에 한 남자가 서 있다. 남자는 다리를 떨면서 건들거린다.

남자  근디 이 약을 주사하면 정말 돼지가 돼지를 낳
　　　을 수 있는 거요?
줄리엣  돼지가 돼지를 낳지 설마 돼지가 오리를 낳을까
　　　요. 걱정 마세요. 전 인공 수정 전문이니까. 전
　　　복제의 여왕이에요.
남자  근디 이 건물에 쥐가 있나요?


지근대는 질문에 뾰로통한 줄리엣, 퉁명스레 말한다.


줄리엣  있어요.
　남자  (능글능글하게) 근디 이런 건물에서 장사가 됩니
　　　까?
줄리엣  잘되니깐 남 걱정 말고 아저씨나 잘하세요.


남자는 퇴장하고, 줄리엣은 뒤돌아 돌리 사진을 바라본다.
숨을 길게 내쉬고 눈을 찡긋한다. 노트북의 전원 스위치를
누른다. 인터넷에 접속한다. 고개를 돌려 카메라를 바라보며
아나운서 같은 말투와 포즈로 또박또박 말한다.


줄리엣  컴퓨터는 우리가 일상에서 마주치는 기구의 일
　　　종이죠. 기구는 그 기구를 특징짓는 기구성을
　　　지니고 있는데, 컴퓨터의 기구성은 자료 축적,
　　　반복 작업의 신속한 반복, 정확한 계산, 음, 뭐
　　　그런 것으로 대표될 수 있는데, 이제 컴퓨터는
　　　그 기구성이 변경돼 인터넷과 상업성으로 특징

지을 수 있죠. 여기서는 상업성도 문제가 되지만, 음란성이야말로 중요한 문제라 할 수 있습니다. 물론 음란성은 당연히 상업성과 결부되어 있습니다. 인터넷의 포르노화는 표현의 자유로 포장된 '인터넷의 상업화'에 그 뿌리를 두고 있습니다. 여기에서 상업화란 기업(자본)이 돈을 벌기 위해 인터넷을 이용한다는 것입니다. 어느 사회든 새로운 미디어를 채택할 때 '누가 무슨 목적으로 운영할 것인가'에 대한 정책 결정이 필요합니다. 인터넷의 발원지인 미국에서는 이 문제에 대한 사회적 논의가 전혀 없이 인터넷의 통제권이 정부로부터 민간 기업(자본)으로 넘어갔습니다. 문제는 '상업화가 인터넷의 바람직한 이용에 도움이 될 것인가'라는 데 있습니다. 인터넷의 상업화를 저지한다는 것은 현실적으로 불가능한 일입니다. 이제 '세상을 바꿀 새로운 매체'로 떠오른 인터넷을 자본의 이윤 동기에만 맡긴다면 텔레비전의 전철을 밟지 않으리란 보장이 없습니다. 교육, 종교, 노동, 문화, 지역 사회 등 사회 각 부문의 진정한 커뮤니케이션의 활성화를 위해 인터넷을 어떻게 이용할 것인가를 진지하게 논의해야 할 때입니다.


어느 사이트인가에 (당신이 그랬던 것처럼) 접속한다. 한 가수의 홈페이지다. 그로테스크하고 애절한 (당신이 숱하게 보았음 직한) 뮤직비디오나 만화 영화에 심취한 어린아이처럼 화면에 고개를 들이밀고 바라보는 줄리엣, 기타를 치는 가수의 손.


## #19 보일러실

기타를 치는 손. 찰리가 러닝셔츠와 얼룩무늬 사각팬티 차림으로 침대에 앉아 노래를 부른다. 제법 잘 부르는 것 같으면서도 어딘가 어색한 모습. 반장이 후줄그레한 작업복 차림으로 공구와 기계 부속을 어지럽게 늘어놓고 낑낑거린다. 일이 잘 안 풀리는 듯 애를 쓴다. 원망스러운 표정으로 찰리를 노려보나 —— 도움을 바라는 표정 —— 그는 아랑곳하지 않는다. 공구를 놓고 담배를 피워 문다. 문득 생각난 듯 불쑥 묻는다.

반장  너 고향이 어디니.
찰리  (여전히 기타 줄을 뜯으며) 서울요.
반장  고향이 서울이라, 고향이 없다는 뜻이군. 그건
      네 잘못이 아니지. 대한민국이 조국인 것이 우
      리의 잘못이 아닌 것처럼. 너 20년 넘게 살아오
      면서 고향 외의 다른 곳에 가본 적 있니?
찰리  (기타 줄 뜯기를 멈추고 한참 생각하다가 작은 목
      소리로) 어없어요.
반장  잘 들어라. 요즘 같은 문명의 시대에 자기가 태

어난 고향 외에 다른 곳을 한번도 가본 적이 없
　　　는 행위는 범죄라고 누군가가 말했다.
찰리　그그그렇지만 어쩔 수 없었어요.
반장　어째서?
찰리　태태태태어난 동네에서 학교 졸업하고 군대는
　　　동사무소에서 방위로 근무하고 취직도 여기서
　　　했으니, 떠날 기회가 한번도 없었어요. 뭐 내
　　　잘못은 아아니에요.
반장　부산은 가봤니?
찰리　아아뇨.
반장　대전은 가봤니?
찰리　아아뇨.
반장　하다못해 인천이라도 가봤니. 전철 타면 1시간
　　　이면 가는데.
찰리　아아뇨.
반장　바다를 본 적이 있니?
찰리　아아뇨.
반장　논을 본 적 있니, 기차를 타본 적 있니, 들을 본
　　　적 있니, 산의 나무를 만져본 적 있니, 강물을
　　　본 적 있니?
찰리　……아아뇨.
반장　그럼 너는 네가 태어난 곳을 중심으로 10킬로미
　　　터 밖을 벗어난 적이 한번도 없구나. 하긴 밤낮
　　　으로 이 보일러실에만 처박혀 있으니. 잘 들어
　　　라. 세상에서 살기 위해서는 세상을 이해해야

한다. 세상을 이해하기 위해서는 '세상에 거주
하는 존재'를 언제나 함께 이해해야 하는 거야.
세상은 세상에 존재함의 방식으로 세상에 거주
하고 있는 현존재의 자기 존재의 표현이지. 즉
세상은 현존재의 존재 방식 이외의 다른 것이
아니야. 그러므로 세상을 이해하기 위해서는 세
상을 대상화해서 내 앞에 세워놓고 심문해서는
안 되고, 나의 현존재가 거기에 존재하는 방식
으로 세상을 이해해야 한다. 세상은 현존재가
세상에 존재하는 방식의 질이나 수준과 밀접한
관계를 갖는다. 현존재가 자기를 이해하는 수준
의 질과 깊이에 따라 세상의 이해가 다르게 나
타나는 거야. 알겠니?

찰리   ……?

반장   현존재는 무엇보다 먼저 그리고 대부분 자기의
세상으로부터 자신을 이해할 수 있는 거야. 자
신을 알기 위해선 세상에 대해 먼저 알아야 해.
그러기 위해선 세상을 돌아다녀 봐야지.

찰리   그그렇군요……. 아참, 강물은 봤어요. 한강.

반장   도대체 네 정체가 뭐냐?


# 20 빌딩 1층의 로비


많은 사람들로 북적거리는 넓은 로비. 쇼윈도를 구경하는 사람들. 창밖에 비가 내린다. 사람들의 손에 들려 있는 색색의 우산.

현금 인출기가 죽 늘어서 있고, 그 앞에는 핸드폰을 늘어놓고 판촉전을 벌이는 짧은 미니스커트 차림의 날씬한 두 여자가 있다. 몰려 있는 네댓 명의 사람들. 여자가 갑자기 소리 지른다.

여자 a  모든 것이 이 안에 있습니다.
여자 b  때와 장소를 가리지 않습니다.

손에 무언가를 든 찰리가 엉거주춤 그쪽으로 간다. 카메라가 찰리의 손에 든 물체를 비춘다. 오토바이 헬멧. 비에 젖어 표면이 반짝 빛난다. 물방울 하나가 톡 떨어진다.

여자 a  어서 오세요. 저희는 손님을 기다리고 있었습니다.

핸드폰을 손에 들고 이리저리 살펴보는 찰리. 찰리의 뒷모습과 사람들의 뒷모습. 카메라가 ── 시간 경과 ── 찰리 뒤를 따라간다.

복도를 걸어 계단으로 향하는 비상구를 여는 찰리, 계단을 내려가는 찰리. 한참을 걸어가 철문을 연다. 문에는 '관계자 외 출입금지'라는 팻말이 붙어 있다.

문을 열고 들어서는 찰리. 비를 맞아 옷이 흠뻑 젖었다. 빗물을 털어낸다.

반장  비 오는데 어디 갔다 오니.

찰리  오토바이 헬멧 사러요.


　　헬멧을 불빛에 비춰본다. 독수리 날개 같은, 불길 같은 무
늬가 새겨져 있는 날렵한 헬멧. 남자라면 누구나 한번쯤 꿈
꾸어 봤을 법한 헬멧이다.


반장  갑자기 그건 뭣 하러?

찰리  오토바이 타고 여기저기 돌아다니려고요. 반장
　　　님 말대로 세상을 좀 배우기로 했어요. 젊은이
　　　답게 인생을 즐겨야죠. 그리고 저 핸드폰 샀어요.


　　헬멧을 머리에 쓴다. 다리를 굽히고 엉거주춤 기마 자세
를 취한 뒤 양손을 벌려 오토바이 핸들을 조작하는 시늉을
한다. 입으로 부다다다 소리를 낸다.


찰리  이렇게 폼 나게 타고, 뒤에 예쁜 여자 태우고
　　　신나게 한번 달려보는 거야. 질주하는 거야. 부
　　　다다다.

반장  오호라 그렇지, 그거야. 그런데 너 오토바이는
　　　있니?

찰리  아니요. 없어요.

반장  ……?

찰리  그래서 우선 헬멧 먼저 샀어요. 멋있죠. 오토바
　　　인 나중에 사죠.

반장 면허는 있니?

찰리 (깜짝 놀라 허리를 곧추 세우며) 오토바이 타는
데 면허증 있어야 돼요?

반장 (어리둥절해하며) 핸드폰도 샀다고?

찰리 네. 앞으로 자주 전화 좀 때려주세요.

반장 그러마.


전화번호를 종이에 적는 반장. 헬멧을 쓰고 의자에 앉아 핸드폰의 기능을 점검하는 찰리.


# 21 카페와 동물 병원 번갈아 등장


카페의 카운터에 앉아 인터넷 신문을 열람하는 엘리사와 동물 병원의 줄리엣. 신문에 실린 광고. 광고 오른쪽에 그 회사의 마스코트인 듯한 귀여운 생쥐 한 마리가 그려져 있다.


당신은 새로운 삶을 원하십니까.

당신은 세상에 대하여 단 한번이라도 큰소리를 쳐본 적이 있으십니까?

당신은 단 한번이라도 호탕하게 웃어본 적이 있으십니까?

당신이 원했던 일이 ── 극히 사소함에도 불구하고 ── 단 한 번이라도 이루어진 적이 있으십니까?

당신은 정녕, 당신의 현재 삶에 만족하십니까? 인생의 가치는 결코 작은 것에 있지 않습니다. 인생은 단 한번이며 한번

주어진 인생을 우리는 신나게, 아름답게, 즐겁게, 시원하게, 따뜻하게, 멋지게, 통쾌하게 살 권리가 있습니다.

당신은 정녕 현재의 당신에 만족하십니까?

당신은 당신을 결코 기만하지 마십시오.

당신이 원한다면, 당신은 그 무엇이든 이룰 수 있습니다. 파란나라로 오십시오. 우리는 아직도 당신을 기다리고 있습니다.

믿으십시오. 우리를 믿으시면, 당신은 모든 것을 이해할 수 있고 행동할 수 있습니다. Good Luck!


# 22 어느 작은 방


아담하고 작은 방. 늦은 시각. 열다섯 살쯤의 소녀가 마우스를 쥐고 인터넷에 접속한다. 모니터에 파란나라의 멋진 조감도가 펼쳐진다. 조감도는 빙글빙글 회전한다. 세련된 도시와 아담한 주택가와 파괴 본능을 자극하는 군사 시설과 무시무시하고 더러운 슬럼 가와 평화스러운 잔디 공원, 웅장한 종합 경기장, 또 무엇 또 무엇 또 무엇. 파란나라가 매혹적으로 등장한다. 파란나라는 완벽하다. 생쥐가 나온다. 도시에 대하여 설명한다.


이 사이버 월드에는 도시의 중심 광장에서 출발하는 여섯 개의 질주 도로가 있습니다. 1번 질주 도로를 질주하면 우리는 4번 도로에 도착할 수 있습니다. 2번 도로를 질주하면 5번 도로에 닿을 수 있으며 3번 도로를 질주하면 6번 도로에 연결됩니다. 그러나 우리가 멈추지 않기를 바란다면 이 도로를 무한히 달릴 수도 있습니다. 모든 도로는, 원하기만 한다면 시속 150킬로미터로 몇 날 며칠, 아니 몇 년 동안이라도 달릴 수 있습니다.

1번과 6번 도로 사이에는 바다가 있습니다. 해안에서 우리는 배를 탈 수 있고 그 배를 타고 바다를 항해할 수 있지만 결코 바다의 끝을 볼 수는 없습니다. 바다는 무한히 넓습니다. 사이버 세계에서 우리는 모든 일을 할 수 있지만 경계의 끝을 보는 것만은 불가능합니다.

1번과 2번 도로 사이는 공장 지대입니다. 우리에게 필요한 생활 용품과 중공업 제품을 만드는 각양각색의 공장이 위용을 자랑하고 있습니다. 역시 우리는 이 공장을 관람하고 시찰하고 그 공장에서 기능공으로 일할 수 있지만 그 공장의 끝을 보는 것만은 불가능합니다. 공장은 무한히 펼쳐져 있으므로 누구든지 끝을 보는 것만은 불가능합니다.

2번과 3번 도로 사이에는 산이 있습니다. 산은, 우리들이 매일 아침 약수를 받으러 가는 정겨운 뒷동산부터 고난도의 기술과 인내를 요하는 해발 만여 미터의 만년설봉까지 다양합니다. 산은 무한대로 펼쳐져 있어 그 누구도 그 끝을 볼 수 없습니다. 오르고 또 오르고 정복하고 또 정복하여도 산은 바닷가의 모래알처럼 많아 그 산을 전부 정복한다 하여도 결코 그 끝을 볼 수 없습니다.

3번 도로와 4번 도로 사이에 있는 들, 4번 도로와 5번 도로 사이에 있는 군사 보호 구역, 5번 도로와 6번 도로 사이에 있는 슬럼 가 역시 마찬가지입니다. 모두 시작은 있지만 끝은 없습니다.

—— 파란나라

소녀의 눈이 휘둥그레진다. 소녀는 침을 꼴깍 삼킨다. 망설임 없이 그 세계에 들어가려다가 '오만 원을 입금하시기 바랍니다.'라는 문구에 당혹한다. 주먹을 들어 탁자를 꽝, 내려친다.


# 23 어느 중학교 뒷골목

흩날리는 먼지와 비닐 봉투들. 교복을 입은 한 소녀가 눈을 지그시 감고 담에 기대 휘파람을 휘휘 멋들어지게 분다. 그 옆에 남자 중학생 한 명이 다리를 떨면서 담배를 피우고 있다.

여학생  난 죽어버리고 싶은 사람이 한 명 있어.
남학생  (연기를 내뿜으며) 다행이다. 난 백 명도 넘어.
여학생  그래? 그렇다면 내가 너보다 먼저 소원을 이
         룰 수 있겠다. 백 명을 죽이기엔 시간이 좀
         걸리지만 난 한 명뿐이니까. 금방 죽일 수 있
         거든.
남학생  (꽁초를 땅바닥에 버리고, 발로 비벼 끄면서, 약간
         놀라는 말투로) 넌 정말로 죽일 생각이구나.

길 저쪽에서 같은 또래의 소녀 (교복 차림으로) 서너 명
이 슬금슬금 불쌍한 토끼처럼 소녀 쪽으로 다가온다. 소녀
는 몸을 반듯이 세운다. 먼지 흩날리는 길바닥에 침을 찍
뱉고 발로 쓰으 문지른다. 껌을 딱딱 씹으며, 오른쪽 다리
를 박자에 맞춰 떨며 주위를 힐끔힐끔 살피며 그녀들에게
말한다.


소녀  너희들, 학교 잘 다니고 싶지, 내가 어제 말한
      거, 다 준비됐지.


잔뜩 겁을 집어먹은 듯한 순진한 소녀들이 주춤주춤 주
머니에서 돈을 꺼내 건네준다. 손가락에 침을 묻혀 돈을 헤
아린다.


소녀  지지배들, 좋았어. 내가 너희들의 안락한 학교
      생활을 보장하마. 됐어, 들어들 가.


# 24 은행


열심히 진지하게 또박또박 희망 어린 표정으로 무통장
입금표를 작성하는 소녀.

# 25 아파트 입구

아파트 우편함에 편지를 넣고 가는 우체부. 잠시 후 학교
에서 귀가하는 소녀가 우편함을 연다. 소녀에게 배달된 편
지 한 통. 편지 봉투에 찍힌 생쥐 마크. 소녀는 발신자를 확
인하고 기쁜 표정으로 봉투를 부욱 찢는다.
플라스틱 마그네틱 카드가 들어 있다. 그것은 파란나라의
시민증.


# 26 어둡고 텅 빈 작은 방

네모난 모니터만이 환하게 빛을 발하고 있다. 마우스를
힘껏 움켜쥔 소녀의 작고 가녀린 손. 인터넷 클릭, 클릭, 클
릭, 클릭, 클릭. 마그네틱 카드에 찍힌 자신의 아이디를 입
력하는 소녀. 잠시 후 눈앞에 펼쳐지는 엄청난 공간 — 파
란나라.

귀하는 파라나라의 네티즌입니다. Welcome. 뜻하시는 모든
것이 이루어지기를. Good Luck!
파란나라에 오실 때에는 네티즌 카드를 반드시 지참하시기
바랍니다. 카드를 소지하지 않을 경우에는 무단 침입자로 간주
하여 경찰관의 추적을 받습니다.

경찰관복을 입고, 선글라스를 착용한, 근엄한 표정의 경

찰관이 모니터에 나타난다. 찰리의 죽음을 조사했던 그 경
찰관이다. 멋들어지게 경례!

경찰관  잠시 검문이 있겠습니다. (날조된 긴장감) 시민
증을 제시하여 주시기 바랍니다.

소녀는 주머니에서 카드를 꺼내 건넨다. 카드를 받아 스
캐너로 읽는 경찰관. 고개를 끄덕인다.

경찰관  감사합니다. 즐거운 하루 되시기 바랍니다.

소녀는 카드를 패스포트 안쪽에 소중하게 질러 넣고 선
택 사항을 클릭한다.

원하시는 인간의 종류를 선택하시기 바랍니다.

성별 : 여자
연령 : 20대 후반
직업 : 알 수 없음
머리 : 갈색의 긴 머리
사용 언어 : 영어와 프랑스어
자동차 : (다양한 자동차가 화면에 등장한다. 그중 하나를 클
릭하는 소녀) 95년형 갈색 시보레 ('오토조이 자동차 상사'에서
대금을 지불하고 시보레를 지급받으시기 바랍니다. 시청에서
등록 번호를 받으신 다음, 그 번호를 부착하시기 바랍니다. 자

동차 대금은 오만 원이며 등록비는 일만 원입니다.)

멋진 시보레 자가용이 빙글빙글 회전한다. 침을 꼴깍 삼키는 소녀.

귀하가 구입할 수 있는 총기는 다음과 같습니다.

장총

| | 구경 | 전체길이 | 총신길이 | 중량 | 장탄수 | 발사속도 |
|---|---|---|---|---|---|---|
| AK-74 | 5.45㎜×39 | 940㎜ | 475㎜ | 3,415g | 30발 | 650발/분 |
| 185A1(영국제) | 5.56㎜×45 | 785㎜ | 518㎜ | 4,650g | 30발 | 700발/분 |
| 슈타이어 AUG<br>(오스트리아) | 5.56㎜×45 | 790㎜ | 508㎜ | 3,600g | 30발 | 650발/분 |

권총

| | 구경 | 전체길이 | 총신길이 | 중량 | 장탄수 | 강선 |
|---|---|---|---|---|---|---|
| 헤클러 운트 코흐 | 45 ACP | 245㎜ | 149㎜ | 1,060g | 12+1발 | 6조 우선 |
| 콜트 거버먼트 | 45 ACP | 216㎜ | 127㎜ | 1,100g | 7+1발 | 6조 좌선 |
| 루가 P-94 /<br>DAOLW(KP 94L) | 9㎜×19 | 183㎜ | 107㎜ | 960g | 15+1발 | 6조 우선 |

이외에도 총의 종류는 무궁무진하며, 목표물이 삼차원 홀로그램으로 표시되는 조준경, 방탄조끼, 수류탄, 산소마스크, 대검 등 다양한 장비가 구비되어 있습니다.

총기를 공식 소지하고 싶으시면 '사이버 리벌버 상회'에서 권총을 구입하시고, 경찰서에 신고하셔야 합니다. 각 총기의 구매 대금은 사양 아래에 명시되어 있습니다.

총들이 빙글빙글 회전한다. 생쥐가 나타나 권총의 성능을
테스트해 보인다. 과녁을 향해 빵빵 쏜다. 총알은 정확히 과
녁의 중앙에 박힌다.


불법으로 총을 구입하고 싶으시면 당신 스스로 이 사이버
시티에서 총을 불법 거래하는 조직을 탐색하시기 바랍니다. 저
희로서는 가격을 알 수 없습니다. 게스트와 게스트와의 거래는
자유입니다. Good Luck!

고개를 끄덕이는 소녀.
흐흐. 그래야지. 총을 공식 소지해서는 안 되지. 어두운
뒷골목에서 불법으로 총기를 매매해야지. 흐흐.


이 도시에서 무슨 일을 하든지 그것은 당신의 자유입니다.
단, 법에 위반되는 행위를 했을 경우 사이버 경찰관이 당신을
추적하며, 체포되면 재판을 받습니다. 도피는 당신의 능력 여하
에 달려 있습니다. 특정 인물을 제거하길 원한다면 대상자를
입력하시기 바랍니다.


소녀는 망설이다가 'ㅇㅏㅂㅓㅈㅣ'라고 타이핑한다.
'난 복수할 거야.'


명심하세요. 파란나라에서의 살인은 법으로 금지되어 있습니
다. 귀하가 그 누군가를 살해하는 순간 사이버 경찰관이 당신
을 추적합니다. 도피의 방법과 과정은 당신의 기술 여하에 달

려 있습니다. Good Luck!

소녀는 킥킥 웃는다. 죽이고 도망치는 방법은 정녕 간단하다. 사이버 세계에서 빠져나오면 된다. 인터넷을 종료시키면 그만이다. 컴퓨터의 전원을 끄면 상황 끝!

시보레에 올라 액셀러레이터를 밟는 소녀. 자동차는 위잉 소리를 토해 내면서 도로를 질주한다. 도시는 깨끗하고 시원하고 세련되고 우아하고 고풍스럽고 아담하고 활기차고 매끈하고 기품 있고, 사람들은 아름답다. 슬럼 가에 도착한다. 그곳은 습하고 구역질 나고 비좁고 온갖 토사물이 쌓여 있고 공기는 탁하고 아이들은 불손하고 시끄러운 음악이 귀를 때리고, 역한 냄새, 물에 젖은 쥐들, 바람에 흩날리는 쓰레기, 눈을 흘기는 흑인들, 고함, 괴성, 싸움, 피비린내, 시비 따위들이 가득하다. 그러나 소녀는 망설이지 않고 차에서 내린다. 총을 사기 위해 어슬렁어슬렁 그 거리를 배회한다. 우람한 팔에 해골 문신을 새긴, 반짝거리는 코걸이를 매단 흑인 남자가 어슬렁거리며 다가온다.


# 27 밤늦은 시각의 전철


1호선.

실루엣 처리된 흐릿한 스크린. 마치 꿈을 꾸는 듯하다.

늦은 시각. 달리는 전철에 사람들이 드문드문 앉아 있다. 썰렁한 풍광, 벽에 부착된 광고.

오십 대 후반의 한 남자(金) —— 흐트러진 자세, 역겨운 냄새, 술에 취한 붉은 눈(인간성마저 함량 미달로 평가 절하될 만한)으로 신문을 건성건성 들여다본다.

전철은 덜컹덜컹 달린다. 문이 열리고 차가운 바람과 함께 옆 칸에서 한 여자가 건너온다. 호리호리한 키, 아름답지만 얼음장처럼 차가운 표정, 휘날리는 금발, 검은 가죽 점퍼 차림, 날렵한 몸, 전신을 어지럽히는 강한 향수 냄새. 뚜벅뚜벅 걸어 망설임 없이 김 앞에 선다. 김이 신문에서 취한 눈을 떼 그 매혹적인 여자를 힘겹게 올려다보는 순간, 그녀는 주머니에서 권총을 꺼내 김의 번들거리는 이마를 향해 탕, 탕 방아쇠를 당긴다.

주저함 없고, 비굴함 없고, 흥분됨 없이.

비명 한번 제대로 내지 못하고 푹 꼬꾸라지는 김. 그의 이마에서 선홍빛 피가 분수처럼 솟아 부릅뜬 눈을 지나 버들가지처럼 목으로 흘러내린다.

질주하다가 부드럽게 멈추는 전철, 안내 방송, 애쓰지 않아도 문이 열리고 여자는 유유히 내린다. 플랫폼을 걸어 우아하게 사라진다.

문이 닫히고 출발하는 전철.


# 28 카페 24세기


침울하게 흐르는 음악. 드문드문 앉아 있는 손님들.

맥주를 마시는 반장, 불만스러운 표정으로 어깨를 잔뜩

움츠린 채 콜라를 홀짝이는 찰리. 그 옆에는 몽키 스패너.

문이 조심스레 열리고 (일순 정적) 줄리엣이 들어온다. 개를 안고 있다. 그녀를 보는 순간 더욱 움츠러드는 찰리. 자리에 앉아 햄버거를 주문하는 줄리엣. 반장이 손을 들어 반가운 체를 하자 그녀는 마지못해 어설픈 미소를 짓는다. 음악이 끝나고 모든 사람에게 찾아든 잠시의 침묵.


　　찰리　(트림) 끄억…….


사람들의 시선이 모이고, 반장은 민망한 웃음소리를 낸다.


　　반장　이 자슥, 콜라를 마시더니만, 칠칠치 못하게스리.


얼굴이 홍시처럼 붉어지는 찰리, 콜라를 반밖에 안 마셨지만 화다닥 일어나 몽키 스패너를 들고 밖으로 나간다. 그와 엇갈려서 엘리사가 당황한 표정으로 들어온다. 그녀의 팔에 모르모트가 안겨 있다. 줄리엣의 표정이 싸늘하게 변한다. 햄버거를 내려놓고 역시 벌떡 일어서 매몰차게 밖으로 나간다. 문 앞에서 서로 비껴서는 순간 개가 모르모트를 향해 컹, 짖는다. 엘리사는 줄리엣을 향해 거만한 미소를 짓는다. 어리둥절한 반장.


　　반장　사람들이 왜 이리 막 왔다 갔다 하는 거야.
　　엘리사　흥! (혼잣말로) 오늘 용팔이가 안 온다는데 어떡
　　　　　하지.

반장  용팔이? 조용필 흉내 내는 그 조용팔이 말이오?
엘리사  그래요, 그 조용팔이.

반장  마담 언니는 말이야, 퍽 세련돼 보이는데, 노래
는 어떻게 그런 흘러간 구닥다리 노래만 하우,
요즘 시대가 어느 시댄데, 그 왜, 멋진 신세대
가수들 좀 데리고 와보우, 가수를 꼭 그런 복제
품을 써야 하나, 신세대 가수가 어려우면 신인
가수라도 발굴해야지, 닳아빠진 얼굴 말고 새로
운 얼굴을 보여줘 봐요. 상큼하고 신선하고 풋
내 나는 새·로·운·얼·굴, 사람들은 새로운
얼굴을, 간절히 원해, 나는 새로운 얼굴을 알고
있지, 비록 그 사람이 어설프긴 해도 말이야.
새롭긴 새로워.

엘리사  호홋, 반장님, 전 첨단의 시대를 첨단스레 살고
있지만, 꼭 이거 하나만은 아날로그 시대를 살
고 싶어요. 음, 현대인들은 어쩌면 다 나 같은
마음일 거예요. 누구나 그렇지만요. 그나저나
그 새로운 얼굴은 어느 베일에 가려져 있나요?

반장  흠, 우리 보일러실 찰리가, 어리벙벙하긴 해도
노래를 좀 할 줄 알아, 뭐 실망하지는 마시우,
걔는 가수가 꿈이에요, 걔가 노래를 하면 손님
들한텐 퍽 자극적이지, 자극이 필요해, 그렇지,
자극, 새로운 자극, 걔는 가수가 되려고 연습을
매일 합디다, 기타도 잘 쳐요, 춤추는 것은 못
봤어도, 근데 여기서는 춤은 필요 없잖수. 저기

의자에 석고상처럼 앉아 노래만 하면 되니까,
개를 데려다 하루 써보시오, 노래를 아주 잘해
요, 어차피 흉내만 내면 되잖아요.

반장은 가수의 흉내를 내며 아아아 하며 목청을 돋운다.
한껏 벌어진 입 안으로 드러나는 붉은 목젖.


# 29 옥상

찰리의 입. 건물 옥상에서 노래를 부른다. 노래라기보다는
스트레스를 해소하기 위해 소리치는 수준이다. 하늘은 비가
올 듯 흐리고 잿빛 옥상은 칙칙하다. 커다란 물탱크와 화재
를 대비한 비상 레일, 전선 탑, 광고탑 같은 것들이 있다.
나이 어린 불량배에게 돈을 모두 빼앗기기라도 한 듯한
표정. 실룩이는 입술. 난간 위에 빨간색의 커다란 몽키 스패
너가 있다. 옥상의 어두운 난간에 기대 한강변의 도로와 건
너편 빌딩의 창을 응시한다. 도로를 따라 흰 원피스를 입은
여자가 자전거를 타고 가는 모습이 어렴풋하게 보인다. 꿈
결인 듯하다.


# 30 보일러실

지하 보일러실로 들어오는 반장과 엘리사. 계단을 밟는

구두 소리가 또각또각 들린다. 찰리가 없자 난처한 표정을
짓는 반장.


　　반장　이 자식이 어디 갔을까. 갈 데도 없는 자식이.
　　　　　(엘리사에게) 얘를 데려다 쓰면 아주 편할 거요.
　　　　　얜 친구도 없고 일이 끝나면 어디 가지도 않으
　　　　　니까. 잠깐 기다려봐요. 전화를 해봅시다. 얘가
　　　　　주제에 핸드폰이 있어요 글쎄.


전화를 하는 반장.


　　반장　(고개를 갸웃거리며) 안 받네. 어쩌나 보려고 한
　　　　　번 해봤더니만, 개똥도 약에 쓰려면 없다더니.
　　　　　쯧쯧. 잠깐 기다리슈, 내가 가서 데려오리다.


밖으로 나가는 반장. 엘리사는 팔짱을 끼고 보일러실 여
기저기를 살핀다. 쿵쿵 냄새를 맡는다. 홀아비 냄새가 나는
것 같아 얼굴을 잔뜩 일그러뜨린다.



# 31 옥상


엘리베이터를 타고 옥상으로 올라가는 반장. 문이 굳게
닫혀 있고 '출입금지' 표찰이 붙어 있다. 문을 민다. 찰리가
멍청하게 난간에 기대서 있다.

반장  여기 있었군. 내 그럴 줄 알았지. 너 왜 핸드폰
      안 받니?
찰리  ……그거, 필요 없어서 책상에 그냥 처박아 놨
      는데…….
반장  근데 왜 안 울리지.
찰리  배터리가 떨어졌나 봐요.
반장  어쩌다 한번 했더니만 그것도 불발이네그려. 참,
      너 가수 되는 게 소원이라 그랬지? 내가 오늘
      그 소원을 이뤄주마.

깜짝 놀라는 찰리, 순간 눈이 커진다.


# 32 보일러실

엘리사  노래를 잘한다면 오늘 밤 당장이라도 우리 카페
        에서 데뷔를 할 수 있어요. 전속 가수로 채용할
        수도 있고요.


거만하고 세련되고 도발적인 자세로 의자에 앉아 담배를
입에 문다. 반장이 라이터를 꺼내려고 주머니를 뒤적이자
엘리사는 괜찮다는 표시로 손을 내저은 뒤 주머니에서 라이
터를 꺼낸다. 찰리의 얼굴에 담배 연기를 길게 내뿜는다.
  머뭇거리는 찰리. 그토록 고대했던 기회가 나에게도 왔다.
그러나 이런 식이 되리라고는 예상하지 못했다. 자신의 현

재를 탈출할 수 있는 절호의 기회다. 그러나 꼭 이런 곳에서, 이 여자 앞에서 탈출 방법을 모색해야 하나. 엘리사의 손에는 모르모트가 있다. 찰리는 질린 눈으로 모르모트를 바라본다.

엘리사   노래를 하고 싶나요? 가까이 진주를 두고 바보 같이 멀리서 헤맸군요. 나에게도 당신의 노래를 들을 수 있는 영광을 베풀어주세요. 난 당신이 생각하는 것 이상으로 (팔을 허공으로 뻗어 주먹을 움켜쥔다.) 힘이 있어요.

찰리는 목청을 가다듬고 엘리사의 눈치를 보면서 노래를 시작한다. 처음에는 숙맥처럼 주저하다가 무아지경에 빠진 듯 열창을 한다. 엘리사는 고개를 설레설레 저으며 골똘히 생각한다.

엘리사   음, 뭐랄까. 약간 어렵겠군요. 필이 팍 오지를 않아요.
반장   잘하는 것 같은데…… 거기 나오는 조용필이나 패튀 김이나 서타지만큼은 하는 것 같아.
엘리사   반장님은 더 이상 관여하지 않으셔도 돼요. (이때 모든 배우들은 카메라를 똑바로 바라보고 정색하며 말한다.) 제가 알아서 할 거니까. 음, 모레 오후에 우리 카페로 오세요. 한번 더 오디션을 해보죠.

함빡 웃는 반장, 불만스러운 듯 얼굴을 찡그리는 찰리.


# 33 평범한 회사의 사무실

백여 개의 책상과 그 위에 놓인 백여 대의 컴퓨터. 무미
건조한 사무실, 창밖은 진한 어둠, 책상에 드문드문 앉아 있
는 예닐곱 명의 사람들.
턱을 괴고 심드렁한 표정으로 키보드를 두드리는 한 남
자. 인터넷에서 포르노 사이트를 서핑하다가 신문에 실린
광고에 시선이 멈춘다. 파란나라를 타이핑한다.

“Welcome
열린 세계의 네티즌”

카드를 꺼내 번호를 입력하는 남자.
펼쳐지는 가상의 세계.

“당신은 파라나라의 네티즌입니다.”


# 34 한낮의 거리

길모퉁이에 주차돼 있는 흰색의 스포츠카, 자동차 안의
한 남자, 창을 내리고 길 건너편 은행을 가만히 살핀다. 오

후 햇살이 건물의 유리벽에 부딪혀 가루처럼 흩날린다. 유리는 잘 닦여서 무척이나 깨끗하다. 남자는 무언가를 골똘히 생각하고 망설이다가, 결심이 선 듯 차에서 내린다. 당당히 걸어서 그러나 왠지 모를 주저함과 두려움으로 주위를 살피며 은행으로 들어간다.

경비는 오른쪽 작은 테이블에 앉아 있고 사람들은 분주하다. 경비는, 태권도께나 했을 법하고 군에서도 특수 부대였을지 모르지만 그리 크게 두려워할 대상은 아니다. 남자는 유리문을 밀면서 주머니에서 복면을 꺼내 재빨리 뒤집어쓰고, 눈만 동그랗게 드러낸 채 권총을 꺼내 오른손에 꽉 쥐고 안온함을 여지없이 파괴하는 고함을 벽력같이 내지른다.


남자 모두 꼼짝맛! 엎드렷!


은행을 터는 일은 그리 어려운 일이 아니다. 가래침을 한 움큼 끌어올려 잘 차려입은 마나님 발밑에 뱉는 일 만큼이나 간단하다. 그저 카악, 소리와 함께 뱉으면 그만이다. 그러한 일이 주저되는 것은 우리가 지금껏 배워온 위선적인 교육과 도덕, 인습이 ── 종국적으로는 우리의 비겁함이 ── 우리의 어깨를 짓누르기 때문이다. 그러한 인습을 과감히 벗어던진다면 우리는 원하는 모든 일을 할 수 있다. "명심하라! 인간은 가능 존재이며 자유 존재다." 은행을 터는 행위도 마찬가지다. 그저 흉기를 들고 그들에게 다가가 준비했던 말을 침착하게 내뱉으면 그만이다.

"꼼짝맛, 움직이면 죽는다.", 혹은 "꼼짝맛, 그림자라도 까

딱했다간 이 총이 네 머리를 박살낼 것이다."

　오들오들 떠는 고객들과 직원들, 남자는 큼직한 가방에 지폐를 쓸어 담는다. (여기서 잠깐! 은행에는 우리가 생각하는 것 만큼 현금이 그리 많지 않다는 사실을 명심하라.) 묵직해진 가방을 들고 유유히 유리문을 민다. 문을 밀면서 복면을 벗는다. 유리에 지문이 남지만 그는 개의치 않는다. 비가 내린다. 미처 우산을 준비하지 못한 사람들이 당황한다. 그러나 사내는 느긋하게 휘파람을 불며 100여 미터 떨어진 자신의 멋진 차로 간다. 불량스러워 보이는 몇몇 아이들이 침을 찍찍 뱉으며 차 주위에 둥그렇게 모여 좀처럼 보기 힘든 멋진 차를 기웃거린다. 한 아이가 바퀴를 발로 찬다. 남자는 개처럼 낮게 으르렁거린다.

　"뭐하는 짓들이야. 저리 꺼져. 대갈통을 부숴버리기 전에."

　아이들은 투덜투덜 욕을 뱉으며 슬금슬금 물러선다. 남자는 복면과 가방을 뒷 좌석에 내던진다. 시동을 거는 순간 길 저편에서 두 대의 경찰차가 요란스레 사이렌을 울리며 출현한다. 아이들이 환호성을 지른다. 남자의 얼굴이 일그러진다.

　"제길, 약속하고 다르잖아."

　핸들을 쥐고 있는 남자는 잠깐 이맛살을 찌푸리며 생각을 모은다. 손이 덜덜 떨린다. 이 난관을 빠져나가는 최선의 방법은 무엇인가? 옆자리에 노트북 컴퓨터가 놓여 있다. 뚜껑을 연다. 전원을 켜고 빠른 동작으로 키보드를 두드린다. 인터넷 화면이 나타난다. 어느새 경찰차는 남자의 차 양 옆으로 다가와 브레이크를 밟는다. 문이 열리면서 총을 든 제복 차림의 특공 경찰관들이 우르르 쏟아져 나온다. 남자의 손과 얼굴에 땀이 흐른다. 두 명의 경찰관이 비에 젖은 차 문 손잡이를 잡고 다른 경찰관들은 그를 향해 총을 겨눈다. 남자는 파란나라를 타이핑한다. 경찰관이 총의 개머리판으로 유리창을 부수려는 순간 남자는 빠르게 선택 사항을 입력한다.

3일 오후 3시 21분 화성 극지 착륙선(Mars Polar Lander)이 발사돼 장장 40개월에 걸친 우주 여행길에 올랐다. 미국 플로리다 주 케이프 커내버럴 우주 기지에서 발사된 착륙선은 50여 분 만에 델타 추진 로켓과 분리돼 항해를 시작했다. 착륙선은 화성 남극의 만년빙에 세 발로 착륙한 뒤 로봇팔을 이용, 흙과 암석을 퍼 올리면서 물을 발굴하라는 임무를 수행한다. 얼음 알갱이를 발견한다면 외계 생명체의 존재 가능성도 높아진다.

# 35 동물 병원

인터넷 뉴스를 보고 있는 줄리엣.

| 엽기적 권총 살해 | 은행에 강도 |
|---|---|
| 1호선 전철<br>오십 대 후반의 평범한 회사원<br>범인은 여자<br>구체적 단서 못 잡아 | 어제 낮 12시 서울 XX은행 ○○지점<br>현금 3억 원<br>다행히 인명 피해 없어<br>범인은 신출귀몰로 도주 |

후루룩 소리 내며 라면을 먹는 반장. 옆에 찰리가 앉아
컴퓨터 키보드를 두드린다. 그 옆에 놓여 있는 핸드폰. (카
메라는 핸드폰이 외로이 놓여 있는 장면의 의미를 관객들에
게 정확히 전달해야 한다.)


반장  곧 좋은 소식이 있을 거야. 그 카페 여사장이
      네 노래 실력을 높게 평가한 모양이더구나. 실
      력이라기보다는 네 열정을 높이 평가한 거지.
      네가 그곳에서 노래를 부를 수 있도록 내가 힘
      써 보마.

찰리  (시큰둥하게) 고맙군요.

반장  근데, 그 컴퓨터는 재미있니.

찰리  네.

반장  뭐가 그리 재미있는데.

찰리  무엇이든 다요.

반장  그걸로 무얼 할 수 있는데? 숙맥인 줄 알았더니
      깜냥에 그건 제법 하는구나.

찰리  날 우습게 보지 마요.

반장  똥물도 파도칠 때가 있다더니. 그걸로 뭘 하는데.

찰리  자신이 원하는 것은 다요.

반장  내가 원하는 대로 다 될 수 있다고?

찰리  네.

반장  대통령도 될 수 있니.

찰리 그럼요. 그까짓 대통령쯤이야 우습죠.


젓가락을 냄비에 놓고 일어서서 모니터를 바라본다.


반장 흠, 사람들이 진짜 같군.
찰리 진짜 같은 게 아니라 진짜예요. 이들은 전부 실
     제 사람들이에요.
반장 그건 네 생각일 뿐이다. 그런데 정말 대통령도
     될 수 있니?
찰리 그럼요. 반장님이 원한다면.
반장 그럼 날 대통령 만들어다오.
찰리 If you want President, you President.


# 37 화장터


검은 옷을 입은 사람들로 붐비는 화장터. 숙연함과 분주
함, 부슬부슬 내리는 비. 울부짖는 사람들, 끊임없이 들고
나는 관, 사람들의 무리에 섞여 망연히 나뭇잎을 따는 소녀.


# 38 학교


어느 여중학교 교실의 익숙한 수업 시간. 선생님은 교단
에서 진지하게 설명을 하고 학생들의 눈은 초롱초롱 빛난

다. 고개를 숙이고 노트에 무언가를 끄적이는 한 여학생이
카메라 가득 들어온다. 그녀의 노트가 클로즈업된다.

내가 소녀였을 때
새로운 아버지가 나에게 왔다네
엄마는 새아버지를 사랑했고
새아버지는 엄마를 사랑했네

어느 날 밤 난 집에 홀로 있었지
오, 난 홀로 있었다네
벨이 울리고 아버지가 왔다네
그는 술에 취해 있었고
뱀 같은 눈으로 나를 훑어보았네

알 수 없는 섬뜩함이 등에 다가왔네
지금 당장 도망치라는 본능의 목소리
왜 나는 그런 느낌이 들었을까
여기는 나의 집, 어디로도 갈 수 없는 나

걱정 마, 괜찮을 거야
그는 나의 아버지잖아
나 스스로 격려해 보지만
왠지 두려움의 느낌뿐

갑자기 그는 거칠어졌다네

나는 곤경에 처한 나를 발견하지만
억눌린 목에서는 외침조차 나오지 않고
살려주세요! 살려주세요!
애원하고 간청하는 나
그러나 보이는 건 악마의 미소

목 위의 손이 내 생명을 위협하고
발로 차며 온 힘을 다해 저항해 보지만
결국 모든 것은 허사고
나는 연약한 열다섯의 소녀

더럽고 우악스러운 손이
거칠게 나를 벗겨내고
미답의 살결은 할퀴어지며
나는 결코 용서받을 수 없는 창녀 같구나
그곳에서 피가 흐르고
오, 나에게 무슨 일이 일어난 거지
나는 더 이상 처녀가 아니구나

피 묻은 옷은 이불 밑에 감추고
영원히 비밀이어야 해
상처받고 피 흘리며 아픈,
이젠 지옥으로 꺼져버려!

# 39 학교 교문 앞

친구들과 함께 재재거리며 교문을 나오는 소녀. 문득 한
남자가 발길을 막는다. 소녀는 고개를 들어 그 사내를 바라
본다. 엘리사, 드레퓌스, 반장을 취조했던 경찰관이다.


경찰관  이제 끝났나?
소녀  ……네.
반장  이거 학생 건가?


경찰관이 내미는 것은 파란나라 네티즌 카드, 소녀는 소
스라치게 놀란다.


소녀  그그게 어떻게.
경찰관  이 카드가 전철에서 피살당한 아버지의 시체 옆
에서 발견됐어. 어떻게 된 건지는 내가 물어야
할 것 같은데.
소녀  몰라요. 난 몰라요. 난 그 시간에 집에서 컴퓨터
를 만지고 있었어요. 으악. 으으악.


소녀는 급작스러운 괴성과 함께 주저앉는다.

# 40 보일러실

열심히 일하는 두 사람.


반장  너 카페에서 노래하는 것은 어떻게 되었니? 오
     디션인가 뭔가 한다고 하지 않았니?
찰리  (시무룩하게) 그 여사장 마음이 변했나 봐요, 연
     락이 없어요, 다른 사람 구했겠죠.
반장  그래도 실망하지 말그레이. (어깨를 두드리며)
     사람은 다 때가 있단다.


# 41 드레퓌스의 작업실 (시간 경과)


칠흑 같은 밤. 마우스와 키보드를 조작하고 두드리는 드
레퓌스. 국방부 웹사이트에 접속한다. 징그러운 미소를 지으
며 눈앞에 펼쳐진 국방부 홈페이지를 바라보다가 피아노를
치듯 키보드를 두드리기 시작한다.
그가 작성한 새로운 안내문이 화면에 나타난다.


국방부에 오신 것을 환영합니다. 국방부는 귀하를 위하여 다
양한 미사일을 준비해 놓고 있습니다.

| NO | 미사일명 | 국적 | 사정거리(km) |
| --- | --- | --- | --- |
| 1 | MX ICBM | 미국 | 11,000 |
| 2 | 미니트맨 ICBM | 미국 | 13,000 |
| 3 | 포세이돈 C3 SLBM | 미국 | 4,600 |
| 4 | SS-N-8 SLBM | 소련 | 7,700 |
| 5 | 토마호크 ALCM | 미국 | 2,000~3,700 |
| 6 | 퍼싱 SRBM | 미국 | 600~1,000 |
| 7 | SS-12 SRBM | 소련 | 700~800 |
| 8 | 나이키-허큘리즈 | 미국 | 140 |
| 9 | SA-2 가이들라인 | 소련 | 60 |
| 10 | AA-7 아펙스 | 소련 | 28 |

발사할 폭탄을 선택하십시오.

선택한 폭탄을 망설임 없이 발사시키십시오.

흡족한 표정으로 화면을 살핀 다음 자신의 작품을 테스트한다. 2번을 선택한다.

귀하는 '미니트맨 ICBM 미사일'을 선택하셨습니다. 탁월한 선택입니다.

엔터 키를 누르는 순간, 카운트다운이 시작된다. '5, 4, 3, 2, 1, 제로, 발샷' 거대한 미사일 한 기가 발사대를 떠난다. 꼬리에 뭉게구름을 일으키면서 가가가강 소리와 함께 미사일은 떠난다. 미련 없이 푸른 하늘을 날아간다. 구름을 뚫고

태양을 지나 쏜살같이 날아간다. 죽죽 날아간다. 저 멀리 목
표물이 있다. 목표물이 확대된다. 목표물은 침대에 누워 있
는 나체의 여자. 금발의, 가슴과 엉덩이가 풍만한, 섹시한
미소를 짓는다. 미사일은 휘잉 날아가 여자에게 간다. 폭발
5초 전. 여자가 은근히 다리를 벌린다. 다리는 희고 탱탱하고
탐스럽다. 크게 벌린다. 그곳이 확대된다. 온통 검은 숲, 깊고
깊은 계곡. 폭발 4초, 3초, 2초, 1초 전, 폭발. 쫘꽝. 미사일은
여자의 그곳에 꽂힌다. 정확하게, 단 1밀리미터의 오차도 없
이. 꽂히면서 다섯 겹이나 되는 버섯구름이 피어오른다. 장엄
하다. 구름은 장미꽃으로 변한다. 자막이 올라온다.

"You Win. Game Over."


　수캐를 연상시키는 미소를 짓는 드레퓌스. 오른손을 서서
히 들어 가운뎃손가락으로 엔터 키를 콕, 누른다.


# 42 국방부 상황실


　할리우드 영화에서 자주 보는 풍경. (어설픈 긴박감이 감
돈다.) 벽에는 거대한 우리나라 전도가 스크린으로 비치고
주요 도시에는 불이 깜박깜박거린다. 컴퓨터가 죽 책상에
진열되어 있고 군복 차림의 로봇 같은 남자와 여자들이 컴
퓨터를 조작한다. 어깨 위에 빛나는 계급장들.
　동시에 그들은 당황한다. 모두들 허둥지둥, 분주하게 뛰

어다니고 전화통을 붙잡고 아무에게나 소리를 꽥꽥 질러댄다. 그들의 모니터는 순식간에 온통 여자의 성기를 향해 날아가는 미사일, 홍당무가 되는 여군들, 금발 미녀의 쩍 벌어진 다리, 탐욕스러운 성기, 매끈하게 솟은 유방, 짙은 검은색의 숲, 군침을 흘리는 장성들, 그들의 눈앞에 펼쳐지는 붉은 장미꽃, 폭탄 구름.


# 43 카페 입구

문 옆에 POP 광고가 붙어 있다. 분홍색 형광 색종이에 파란 수채화 물감으로 쓴 커다란 글씨.
　'신인 가수 —— VISAVIS, 카페 24세기에 출연'


# 44 카페

모래알처럼 작은 금빛 구슬이 촘촘히 박힌 옷, 그로테스크한 화장, 검은 테의 안경, 가발을 쓴 듯한 반짝이는 자주색의 머리카락은 어깨 아래까지 치렁치렁 내려온다. 악어무늬가 그대로 찍힌 구두. 키가 크고 호리호리하다. 고뇌하는 예술인, 유폐된 황족, 고독한 망명가, 굶주린 무사 같다. 이 남자와 길거리에서 마주친다면 결코 알아볼 수 없는 얼굴이다. 기타를 치면서 무대에서 노래한다. 써치라이트 불빛을 받아 구슬이 반짝 빛난다.

반장이 카운터 앞에 앉아 무표정하게 맥주잔을 기울이고 그 앞에는 엘리사가 있다.

노래가 끝난다. 엘리사가 호들갑스럽게 박수를 친다. 손님들이 마지못해 박수를 친다. 드레퓌스가 엘리사 옆에 선다. 엘리사가 그에게 귓속말을 소곤거린다. 드레퓌스의 당나귀 귀에 닿는 엘리사의 섹시한 입.


# 45 어떤 방


귀를 깨무는 입은 서서히 엘리사의 목 아래로 내려간다. 엘리사의 목은 희고 그 목을 애무하는 두텁고 붉은 입에는 침이 가득하다. 침이 목에 질펀하게 흐른다. 드레퓌스가 헉헉 소리를 내면서 엘리사 위에서 하체를 움직인다. 그는 약간 지친 듯하다. 두 손으로 드레퓌스의 허리를 껴안은 엘리사가 벌떡 일어나 드레퓌스를 눕힌다. 자세가 역전된다. 드레퓌스의 몸에 올라앉아 엘리사는 격정적으로, '이제 우리 죽어도 좋아!'라고 울부짖듯이 허리를 움직인다. 침대 옆 탁자에 모르모트가 철망 상자에 담겨져 다리가 부러질 듯 발을 구른다. 드레퓌스가 괴성을 내지른다.


드레퓌스   헉헉헉, 조금만 더, 오 마이 갓, 거기 아니고 그
          아래, 조금 더, 힘내.


섹스가 끝난다. 둘은 알몸으로 침대에 누워 천장을 바라

보며 거친 숨을 내쉰다.


　　엘리사　담배!


　　드레퓌스가 벌떡 일어나 탁자에서 담배를 꺼낸다. 불을
붙여 그녀에게 건네준다. 엘리사는 침대에 큰 대 자로 누워
연기를 길게 내뿜는다.


　　엘리사　물!


　　드레퓌스가 벌떡 일어나 냉장고를 열고 생수를 꺼내 컵에
따른다. 상체를 반쯤 일으켜 물을 벌컥벌컥 마시는 엘리사.


　　엘리사　노래!


　　어리둥절한 표정으로 두 손을 앞으로 모아 성기를 가리
고 노래를 시작하는 드레퓌스. "우리 만남은 우연이 아니었
어." 너털웃음을 터뜨리는 엘리사.


　　엘리사　멍청하기는. 노래를 부르라는 게 아니라 멋진
　　　　　　노래를 하나 만들어내란 말이야. 거 왜 비자비
　　　　　　스 있잖아. 걔가 부를 노래.


　　일그러지는 드레퓌스의 얼굴.

# 46 경찰서 취조실

경찰관의 얼굴이 스크린을 가득 채운다. 카메라 회전하면서 앉아 있는 드레퓌스를 비춘다.

경찰관  당신은 컴퓨터 프로그래머라면서 엘리사와 무슨
       일을 하지?
드레퓌스  (갑자기 나를 심문하는 이유는 무엇이냐는 듯이,
       심드렁하게) 뮤직 비즈니스를 하고 웹사이트를
       만듭니다.
경찰관  (얼굴을 일그러뜨리며) 뮤직 비즈니스라면?

드레퓌스, 고개를 돌려 카메라를 정면으로 응시하며 천천히 일어선다. 또박또박 말한다

경찰관  예술과 장사는 독특한 동반자 관계에 있죠. 본
       원적으로 모순된 이들의 관계는 20세기 후반에
       와서 더욱 복잡해지고 있죠. 예술가와 장사꾼은
       원래부터 견원지간일 수밖에 없습니다. 음악의
       본질과 사명에 대해 서로 다른 견해를 갖고 있
       기 때문이죠. 그러나 1940년대 커뮤니케이션 기
       술의 발달이 대중 매체의 탄생으로 이어지면서
       예술과 비즈니스는 음악 시장의 형성을 위해
       함께 존재하는 방법을 터득했죠. 대부분의 음악
       가들은 스태프들과 협조하면서 안정된 수입을

보장받고 있으며 또 그것이 필수적이라는 사실을 깨달았습니다. 이제 음악가를 보조하는 스태프의 수는 작곡가와 연주가의 수를 훨씬 웃돌며 오늘날 음악 산업에서 빼놓을 수 없는 존재가 되었죠. 따라서 성공한 음악가의 주변에는 반드시 그림자처럼 그를 돕고 있는 여러 방면의 관계자가 있는데, 이들은 대행사, 매니저, 흥행사, 제작자, 음향 기사, 방송 관계자, 사업가, 고문들입니다. 이러한 모든 일을 하는 뮤직 비즈니스죠.

경찰관  (그래 너 잘났다라는 듯하며) 구체적으로 무슨 일을 하지?

드레퓌스  (심드렁하게) 가수를 발굴하고 음반을 만들어 팔고, TV에 출연시켜 돈을 버는 일을 하죠.

대답을 하면서 몸을 앞으로 기울여 벽을 노려본다. 눈을 깜박거린다. 뿔테 안경을 벗어 입으로 호, 분 다음 옷자락으로 닦는다. 허공에 들어 깨끗이 닦였는지 확인하고 다시 쓴다.

경찰관  가수를 발굴했는가?

드레퓌스가 벌떡 일어나 벽으로 간다. 경찰관은 어리벙벙한 표정으로 그의 뒤를 따른다. 벽으로 다가간 드레퓌스. 손을 뻗는다. 그곳에는 파리의 시체가 붙어 있다.

드레퓌스  뭔가 했더니. 아저씨, 여그 벽 좀 잘 닦으슈.


  경찰관, 화가 나 볼펜을 책상에 내동댕이친다. 드레퓌스
는 손가락으로 파리의 시체를 문질러 떼어낸다.


  경찰관  묻는 말에 대답이나 해.
드레퓌스  아, 가수 말이오? 했소. (자리로 돌아와 엉덩이를
         털썩 붙인다.) 내가 발굴한 가수는 사이버 가수요.
  경찰관  사이버?
드레퓌스  (그것도 모르냐는 표정으로 간단하게) 그렇소.


  경찰관은 어리벙벙한 표정을 짓는다. '사이버'라는 말에
말문이 콱 막혀버린 것이다.


  경찰관  ……당신과 카페 여사장은 몇 번이나 그 짓을
         했지?
드레퓌스  (얼굴이 순식간에 붉어졌다가 화난 표정으로) 그
         건 당·신·이·관·여·할·바·아·니·에·
         요라고 엘리사는 종종 말하죠.


# 47 보일러실


  컴퓨터 키보드를 두드리는 찰리, 옆에서 후루룩 소리를
내면서 라면을 먹는 반장.

찰리 대통령 선거가 다가왔어요.

반장 (걱정 말라는 듯) 알아. 등록일까진 아직 기간이
      있어.

찰리 (훈계하는 어조로) 그게 문제가 아니라 선거 운
      동을 어떻게 하느냐가 중요해요. 이번 선거는
      양대 구도가 될 거예요.

반장 (화를 내며) 말을 똑바로 해야지. 양대 구도가
      아니라 나를 포함해서 삼파전이 될 거야. 그래
      도 괜찮아. 난 이미 대통령 예행 연습까지 한 몸
      이니까. (갑자기 말투를 바꿔) 근데 너 카페에서
      노래했더라면 좋았을 텐데. 새로 가수가 왔더라.
      비자비…… 뭐라던데. 기회가 좋았는데, 아깝다.
      그래도 가수가 되는 꿈은 포기하지 마라.


# 48 국방부 회의실


제복을 입은 몇 사람이 살벌한 분위기가 풍기는 작은 회
의실에 모여 있다. 원탁에 앉아 머리를 맞댄 그들의 뒷모습,
파르라니 짧게 깎은 뒷머리. 무어라 무어라 소곤대는 그들
의 작은 속삭임 속에 얼핏얼핏 들리는 말 — 국방부 사이트
교란, 해커(죽일 놈), 국가 안보에 심각한 위협(고의적, 지능
적 국방 의무 회피자의 소행), 체제에 대한 중대한 도전, 경
제 질서의 파괴, 헌정 중단 사태의 야기, 자유 민주 체제의
부정, 반인륜 파렴치범, 야당 탄압(잠시 후 이 말은 취소),

풍기 문란, 반국가 단체 찬양 및 이적 행위, 혹시 북에서?
기필코 체포.


## # 49 파란나라 central office

파란나라를 클릭하는 드레퓌스.

같은 시각, 지구상의 어딘가에서 같은 주소를 클릭하는
여자와 남자들이 있다. 그들은 도시의 이곳저곳을 기웃거린
다. 모든 곳의 순회가 끝나면 그들은 호기심과 욕망을 가지
고 어슬렁어슬렁 슬럼 가로 온다.

어쩌면 그들은 처음부터 이곳에 오고 싶어했는지도 모른다.
대학가나 최첨단의 빌딩 가, 스포츠 센터는 이곳을 방문하기
위한 의례적인 절차였을 것이다. 욕망의 분출을 가장 늦게 표
현하는 것이 동양적 예의, 혹은 서양적 합리주의일까?

모니터에 펼쳐지는 테크노 빌딩 앞 거리.

수없이 많은, 불손한, 무엇에도 구애받지 않는, 거리낄 것
없는, 정의 내릴 수 없는 청춘 남녀들과 아이들이 우우거리
며 몰려 있다. 가로등은 색정적으로 빛나고 잿빛 포도에는
담배 꽁초와 찌그러진 캔들, 각양각색으로 번쩍거리며 유혹
적인 입간판들, 아무렇게나 주차돼 있는 멋진 외제차들, 거대
한 오토바이들, 짧은 윗옷과 몸에 꽉 끼는 흰 바지, 미니스커
트, 롱스커트, 핫팬츠를 입은 여자들과 그 옆에 유니섹스 차
림의 남자들. 노란 머리, 빨간 머리, 갈색 머리, 검은 머리.
여자들은 담배 연기를 길게 내뿜고 요염한 미소를 짓는다.

모두 술에 취하고 고함을 지르고 발작적인 웃음. 거리엔 넘치는 음악——팝, 블루스, 가요, 클래식, 가곡, 동요의 혼합. 노래에 맞춰 춤을 추는 아이들. 사람들은 모두 마약에 취한 듯 키스하고 악수하고 유혹하고 비틀대고 괴성을 발산한다. 그들의 무리에 드레퓌스가 서 있다. 손에는 망원경을 들고 있다.

사냥감을 물색하듯 오가는 사람들을 음흉한 눈초리로 살핀다. 망원경을 들고 사람들을 관찰한다. 한 여자(Q)가 눈에 들어온다. 열여섯 혹은 열일곱 살쯤. 샛노랗게 염색한 머리카락, 가면을 뒤집어쓴 듯한 요염한 화장, 그러나 어쩐지 어설프다. 반면 가슴은 풍만하고 엉덩이는 탄력 있다. 미니스커트를 입고 여자 친구(W)와 함께 서 있다. 얼굴이 불그죽죽하다. 노래에 맞춰 갈대처럼 몸을 흔든다.

망원경을 목에 걸고 휘파람을 불며 어슬렁어슬렁 그녀들에게 다가가는 드레퓌스. 주머니에서 담배를 꺼내 Q에게 건넨다. 가소롭다는 표정으로 드레퓌스를 훑어보는 소녀들. 희미한 술 냄새가 풍긴다. Q의 귀에 소곤댄다. 눈을 휘둥그레 뜨는 소녀. 옅은 미소를 짓는 드레퓌스. W의 의아한 표정. 손짓을 섞어 이야기하는 드레퓌스. 결심이 선 듯 Q는 W를 끌고 드레퓌스를 따른다.

빌딩으로 들어간다.

약간 머뭇거리면서 ── 겁먹은 표정으로 ── 그러나 '이까짓 것쯤이야'라는 무지한 용기와 호기심으로, 비틀거리면서 드레퓌스를 따라 들어서는 소녀들.

드레퓌스 우리의 젊은 날엔 술이 빠질 수 없지.

소파에 앉아 술을 마시는 세 사람. 무언가를 끊임없이 중얼거리는 드레퓌스. (관객들이 그의 이야기를 들을 필요는 없다.) 홀 안쪽에 쳐진 블라인드 칸막이를 젖힌다. 사진을 찍는 스튜디오.

소녀들 어마맛!

흐뭇한 미소를 짓는 드레퓌스. 카메라를 조작한다.

드레퓌스 네가 너희들에게 멋진 삶을 만들어줄게. 언닌 몸매가 아주 절묘해, 어디에 내놓아도 주목받을 근사한 몸매야. 망설이지 말고 이쪽으로 컴온.

불을 끄고 은은한 조명과 강한 스포트 라이트를 만든다.

드레퓌스 망설이지 말고 옷을 벗어, 자 벗으라고, 훌훌 털어버려, 네가 너를 전 세계의 네티즌들에게 소

개해 주지, 넌 많은 돈을 벌 수 있어, 넌 모델이
될 수 있고 탤런트도 될 수 있고 배우도 될 수
있어. 자 벗어, 넌 무슨 팬티를 입고 있지.

손을 뻗어 Q의 치마를 들춘다. 빨간 팬티가 드러난다.

    Q (호들갑 떠는 목소리로) 어마마마.
드레퓌스 오케이, 구웃, 아주 좋아.

소녀는 천천히 옷을 벗는다. 치마를 내리고 블라우스를
벗는다.

드레퓌스 됐어, 저쪽에 가서 포즈를 취하라고, 멋지게.

W도 망설이다가 치마를 벗으려 한다.

드레퓌스 아냐. 넌 아니야.

창피해서 얼굴이 빨개지는 W. 우쭐대는 Q. 나긋나긋한
걸음걸이로 스튜디오 중앙으로 간다. 포즈를 취한다. 드레퓌
스가 카메라를 들여다보면서 포즈를 지시한다.

드레퓌스 팔을 들고, 엉덩이를 뒤로 쭉 빼고, (플래시가
    팡팡 터진다.) 두 손을 하늘로 뻗어 마주 잡고,
    남자들을 포로로 만들라고. 다리를 벌려, 한껏,

가슴을 앞으로 내밀어, 브래지어를 한쪽만 풀
어, 팬티를 내려, 무릎에 걸쳐, 다리를 벌려, 그
곳을 한 손으로 가려, 손을 떼, 앉아, 엉덩이를
허공으로 들어올려, 세상은 니 거야. 게슴츠레
한 미소를 지으라고, 침을 흘려봐, 요염한 웃음
을, 입을 벌리고 엉덩이에 손을 걸쳐, 두 다리
를 쭉 뻗어, 가슴을 부드럽게 쓰다듬어, 너의
비밀스러운 그곳에 손가락을 넣어봐, 더 깊게,
눈을 감고, 그곳을 보여줘, 나에게 보여줘! 보여
줘! 보여줘!


# 51 드레퓌스의 작업실 (시간 경과)


드레퓌스가 모니터를 들여다보면서 — 모니터에는 오선
과 음악 부호들이 난무한다 — 키보드를 두드리면서 마우
스를 조작하면서 기타를 치면서 팝송과 샹송과 클래식을 번
갈아 들으면서 시집을 뒤적이면서 노래를 만든다. 노래 한
곡이 완성된다. 스피커를 통해 노래가 흘러나온다. 유명 외
국 가수의 곡을 적당히 합성해 만든, 한국 가수의 스타일에,
상투적인 문구에, 어디선가 많이 들은, 귀에 익숙한 곡이다.
　마우스를 쥐고 있던 드레퓌스가 의자에서 일어나 카메라
를 정면으로 바라보며 또박또박 말한다.

드레퓌스 에디슨이 축음기와 원통형 레코드를 발명한 것

이 1877년. 그로부터 어느새 130여 년이 지났습니다. 그 후 전달 매체의 발달로 세상에 유포된 음악의 수는 셀 수 없을 정도로 많습니다. 가히 노래의 수는 바닷가의 모래알보다 더 많을 것입니다. 매일같이 몇 천 개나 되는 음악 부호의 조직체들이 전 세계적으로 발표되고 소비되어 가는 상황에서 노래를 듣는 감상자들은 새로운 노래를 듣는 즉시 '이것은 어딘가에서 들어본 것이다.'는 데자뷰(旣視感, 어딘가에서 들은 것으로 착각하는 느낌)를 경험할 수가 있습니다. 그것은 정말로 들어본 적이 있는 음악이 아니었을까? 그렇게 생각하는 것도 사실 무리는 아닙니다. 몇 만 곡이나 되는 노래에서 겹치는 부분이 없으란 법이 있겠습니까?

노래하는 드레퓌스. "소래 포구에 가보자 으아으아 안개 같은 사랑이 갯벌에 깔려 있으리라."


# 52 동물 병원

인터넷을 서핑하는 줄리엣. 인터넷 음란물에 대한 기사가 화보로 펼쳐진다.

인터넷 포르노 —— "돈을 갈퀴로 긁는 음란 사진·동영상"

앙증맞은 속옷을 입은 탄탄한 몸매의 여자들이 요염한 포즈로 줄리엣을 응시한다. 여자들은 금방이라도 사진에서 튀어나와 호호홋 간드러지게 웃을 것 같다. 또한 거기에는 한국에서 만들었다는 홈페이지가 버젓이 소개되어 있다. 떨리는 손가락으로 그 주소를 타이핑하는 줄리엣. 사이트에는 다음과 같은 카테고리가 있다.

| | | | |
|---|---|---|---|
| Young Teens | Black Teens | Asian Teens | Nude Models |
| Porno Stars | Celebrities | Amateurs | School Girls |
| Group Sex | Babes Gallery | Lesbians | Teenage GangBang |
| Fucking | Ass Fucking | Hardcore | Pure Virgin |
| Spy Camera | Big Tits | Pussies | Bond Maid |
| Pissing | Animal Sex | Gay | Hottest Teens |

무심히 바라보다 마우스를 끌어 Hardcore를 선택한다. 현란한 화면이 눈앞에 펼쳐진다. 멋진 몸매의 벗은 여자, 그 여자의 몸은 뱀처럼 매끄럽다. 또한 포즈가 다양하다. 여자의 얼굴은 앳되어 보인다. 그 앳됨이 성욕을 더 자극한다. 이 홈페이지를 만든 사람은 어느 정도 예술적 감각을 소유한 사람이라는 느낌이 든다.

우리는 순수합니다. 성은 하느님이 인간에게 내려준 고귀한 선물 중의 하나입니다. 우리는 당신의 아름다운 인생과 즐거운 성을 위해 존재합니다. 우리는 당신을 위해 봉사합니다. 섹스를 통한 당신의 넘쳐나는 즐거움이 우리의 희망이며 보람입니다.
For Your Good Sex!


# 53 카페 24세기

　밤. 중앙 무대의 둥근 의자에 앉아 기타를 치며 노래하는
비자비스. 긴 머리가 어깨까지 내려온다.
　그가 부르는 노래. "소래 포구에 가보자 으아으아 안개
같은 사랑이 갯벌에 깔려 있으리라."


　노래는 파도 소리, 갈매기 소리, 뱃고동 소리와 섞여 흐른
다. 그물을 당기는 어부들의 굵은 팔과 노동을 찬양하는 흥
겨운 합창이 들려오는 듯싶다. 튀어오르는 물고기들의 몸놀
림과 물방울들이 손에 잡힐 듯하다. 노래는 고즈넉하고 안
개에 쌓인 듯하고 숙연하고 장미꽃처럼 붉고 아침 햇살처럼
따사롭고 아른하고 양철 지붕에 소나기 쏟아지는 듯 격정적
이다.
　사람들은 긴장된 표정으로 그의 노래를 들으나 몇 사람
은 불만스러운 듯 —— 도대체 저 따위가 노래야? 이 변화무
쌍한 2000년대에 저 따위 구시대적인 노래를 부르다니, 더
더군다나 24세기 카페에서 —— 화난 표정을 짓는다. 사람들
의 분위기를 살피는 엘리사.
　1절의 후렴이 카페에 울려 퍼질 무렵 줄리엣이 들어온다.
새로운 무명 가수를 심드렁하게 힐끗 바라보고, 다소곳이

카운터 앞에 앉는다. '밤무대 가수를 한 명 데려왔군.' 하는 무관심한 표정. 그런 줄리엣에게 한순간 눈이 반짝 빛나는 비자비스.

후렴이 끝나고 2절이 시작된다. "소래 포구에 안개비 내리네 으아으아 우리는 우산이 없어도 좋아라." 줄리엣이 고개를 번쩍 든다. (구태의연한 표현으로) 전기에라도 감전된 듯, 바늘로 뒷덜미를 찔린 듯 획 고개를 돌려 비자비스를 바라본다. 감탄과 호감으로 시나브로 바뀐다. 맥주를 천천히 병에 따라서 단숨에 마신다.


# 54 빌딩 복도

드라이버를 들고 하릴없이 복도를 휘휘 걷는 찰리. 목에 매달려 있는 핸드폰. 상기되고 신나는 표정. 드라이버를 총처럼 획획 돌리고 창밖을 향해 총 쏘는 자세를 취한다. 문득 자신이 킬러라도 된 듯 품속 깊이 드라이버를 넣었다가 조심스레 꺼낸다. 주위를 둘러보고 벽에 기대 창밖을 향해 드라이버를 겨냥한다. 킬러가 목표물을 겨냥하듯 한쪽 눈을 지그시 감는다. 방아쇠를 당기는 시늉과 함께 입으로 '따콩' 소리를 낸다.

이 사무실 저 사무실을 쓸데없이 기웃거린다. 동물 병원 앞에 선다. 유리창을 통해 한참 동안 안을 살피다가 문을 연다. 줄리엣이 컴퓨터 앞에 앉아 있다. 찰리의 경쾌한 목소리.

찰리  형광등에 이상 없습니까?


　줄리엣의 차가운 표정, 정면 응시, 대답이 없다. 머쓱해진
찰리, 멋쩍게 형광등을 올려보고 우리 안에 있는 강아지를
손으로 만지려 한다.


　줄리엣  (정면을 응시하며) 만지지 마요, (키보드를 두드
　　　　　리며.) 더러워요.


　움찔 놀라 손을 거두는 찰리. 얼굴이 새빨개져 밖으로 나
온다.


# 55  거리


　그는 문을 박차고 거리로 나와 커다란 겨울 밤 속으로 걸
어 나갔다. 그 뒤를 세 친구들이 따라 나섰다. 그들은 ○○
○○ 도로를 걸어갔다가 ○○○○ 거리로 돌아들어 거기
서 그들이 찾고 있던 것, 그날 밤의 조그만 장난거리를 발
견하였다. 안경을 쓴 선생님 같은 모습으로, 약해 보이는 늙
은이가 입을 벌린 채 서 있었다. 그는 한쪽 겨드랑이에 책
을 끼고 헌 우산을 들고 있었다. 사람들이 별로 이용하지
않는 도서관을 나와 길모퉁이를 돌아 나오는 중이었다. 거
리 전체에는 이 노인뿐이었다. 그래서 그들은 아주 정중하
게 그에게 다가가 말을 걸었다.

"미안합니다. 성님."

그들 네 명이 점잖게 미소를 띠고 다가오는 모습을 보고 그는 좀 놀라는 것 같았다. 그러나 그는 짐짓 놀라지 않은 척 가장하려고 애쓰면서 선생처럼 큰 목소리로 말했다. "그래 무슨 일인가?" 그러자 알렉스가 말했다. "책을 끼고 다니시는데, 성님. 지금도 책을 읽으시는 분을 만나면 정말 기쁩니다. 성님."

늙은이는 부들부들 떨었다.

"팔 밑에 끼고 있는 그 책이 무슨 책인지 보여주신다면 좋겠는뎁쇼, 성님. 나는 이 세상에서 책을 제일 좋아한다고요, 성님."

그러자 피트가 세 권의 책을 낚아채 잽싸게 친구들에게 건네주었다. 알렉스가 받은 책은 『결정학의 기초』라는 책이었다. 그는 그 책을 펼치면서 말했다. "근사해. 정말 일류야."

조지가 말했다. "당신은 그러니까 마음이 추한 늙은 솔개구먼." 알렉스는 그가 들고 있던 책을 찢어발기기 시작했다. 다른 친구들도 알렉스를 따라 그들의 책을 찢기 시작했다. 늙은이가 고함치기 시작했다. "이건 내 책이 아니란 말이야. 도서관 책이란 말이야. 이러지 마요. 이건 파괴란 말이야." 어쩌고 저쩌고 고함쳤다. 그리고 그들한테 다시 책을 빼앗아 보려고 발버둥을 쳤다. 불쌍해 보였다.

"성님, 혼쭐 좀 나봐야겠어." 알렉스가 말했다. 그가 들고 있는 책은 아주 단단한 장정으로 묶여서 찢기가 무척 힘들었다. 정말 오래된 책으로, 오래 보존될 수 있도록 물건을 공들여 만들던 시절의 것이다. 그러나 알렉스는 마침내 그 책을 발기발기 찢어서 커다란 눈송이처럼 뭉쳐 고함치는 노인의 머리 위로 집어던졌다.

"당신은 건방진 늙은이야."

알렉스가 말했다. 그들은 늙은이를 데리고 장난치기 시작했다. 피트는 그의 손을 움켜쥐었고 조지는 그의 입을 벌렸으며 딤은 그의 의치를 빼냈다. 딤은 그 의치를 길바닥에 내동댕이쳤고 알렉스는 구둣발로 짓밟았으나, 그것은 새로운 소재의 플라스틱으로 만든 단단한 것이었다. 늙은이가 우우우 하며 신음 소리를 냈다. 그러자 죠지가 그의 입을 열고 이빨 빠진 입을 주먹으로 쳤다. 늙은이가 심하게 신음할 때 피가 흘러나왔다. 형제들이여, 내 형제들은 정말 멋있었다. 그 다음 그들은 그의 겉옷을 벗기고 속옷만 남겨놓았다. 그는 비틀거리며 걸어갔다. 그래도 아직 신음할 기운은 남은 모양인지 우, 우, 우 신음하면서 걸어갔다. 그들은 킬킬대면서 길바닥에 버려진 늙은이의 옷을 뒤졌다. 그러나 그의 주머니에는 별스러운 것도 없었다. 몇 장의 낡은 편지. 지난 1960년에 쓴 편지도 있었다. '사랑하고 사랑하는 그대에게'라는 등의 정말 쓸데없는 내용이었다. 딤은 자기가 글자를 읽을 수 있다는 것을 텅 빈 거리에 자랑이라도 하려는 듯 큰 소리로 편지를 읽기 시작했다. "나의 구여운 아가, 네가 떠나있슬 때 항상 나는 네 생각을 하고 있딴다. 밤에 외출알 때는 몸을 따슷하게 감싸는 일을 잊지 말기를 바란다." 그리고 그는 하하 소리 내어 웃어댔다. 알렉스가 말했다.

"자 모두 끝났네. 형제들이여."

# 56 카페 24세기, 밤

홀 구석에 앉아 커피를 마시는 줄리엣. 1시간 정도 무료하게 앉아 있다가 여종업원을 부른다.


줄리엣  오늘은 어떤 가수가 나오나요.
종업원  신승훈이 나옵니다.
줄리엣  ……어제 노래 불렀던.
종업원  아 비자비스요, 오늘은 안 나와요. 그 가수는
        월, 수, 금에만 나와요. 그 가수 멋있죠, 멜랑꼬
        리하죠?
줄리엣  ……네.


# 57 카페 24세기 (다음 날)

노래하는 비자비스. 천장의 은빛 서치라이트가 동그랗게 그를 비춘다. 이 세상에는 오직 그만 존재하는 듯싶다.
사람들은 그의 「소래 포구에 가보자」를 듣기 위해 인내심을 발휘하며 앉아 있다. 신내리 음반 가게의 영자, 삼송 컴퓨터 대리점의 미자, LJ 전자의 순자, 또 진순이, 미순이. 모두모두 머리를 맞대고 앉아 있다. 맥주를 마시면서 그녀들은 그녀들이 갔었던 소래 포구의 추억을 주고받는다. 그 날의 안개와 바닷바람과 좁은 열차 레일에 대해 서로 뒤질세라 큰 소리로 이야기한다. 그리고 그녀들의 팔을 잡아주

었던, 앉은뱅이 의자에 앉아 갓 잡아올린 싱싱한 광어 회와 함께 소주를 들이켰던, 이제는 떠나간 남자들의 옷자락에 대해 이야기한다.

문이 열리고 줄리엣이 들어온다. 비자비스는 그녀를 본다. 순간적으로 눈이 반짝 빛난다. 노래를 부르는 몸짓이 격렬해진다.

카운터 앞에 앉아 맥주를 주문하는 줄리엣. 노래가 끝난다. 박수 치는 사람들. 조용히 맥주잔을 기울이는 줄리엣. 그저 그를 바라보는 것만으로도 족하다. 노래를 들어주는 것만으로도 예의를 다한다고 생각한다.

비자비스의 노래는 가슴이 저리다. 그의 목소리는 신비로운 저음이다. 여자들의 눈에 물기가 젖는다. 줄리엣의 눈은 한없이 깊어진다. 노래가 끝나지 않았음에도 그녀는 일어서 나간다. 우울해지는 비자비스의 눈동자.


# 58 경찰서 회의실


몇몇 형사들이 모여 대책을, 실현되지 못할 탁상공론을 하고 있다.


형사 1　청소년들의 폭력이 날이 갈수록 증가하고 있어.
형사 2　수법도 잔인해지고 있어.
형사 3　횟수의 증가나 폭력의 방법이 문제가 아냐. 그 '이유'가 문제야. 그들은 아무런 목적 없이 폭력을 애용해. 문제는 바로 그거야. 목적 없는 폭력.

형사 1  옳은 지적이군. 그들은 경제적인 이유도, 여자를
강간하겠다는 성적 욕구도, 자신에게 피해를 입
힌 사람에게 복수를 하겠다는 증오심도, 술김에
그랬다는 이유도 없어. 그저 맹목적으로 폭력을
즐기기 위해서 폭력을 사용해.

형사 2  ○○ 지구에서 청소년 네 명에게 폭행당한 그 노
인의 경우도 마찬가지야. 불쌍하기 짝이 없지.

형사 3  그런데 전철 살인 사건은 어떻게 되었지?

형사 2  아무런 단서가 없어. 미궁으로 빠질 확률이 높
아, 아주 특이한 경우야. 그 딸의 신분증 같은
게 시체 옆에서 발견되었는데, 분명 그 딸은 그
시각에 컴퓨터를 하고 있었거든. 우리가 알 수
없는 어떤 상황이 진행되고 있는 것 같아.


# 59  파란나라 central office


드레퓌스  새로 개설될 섹스 사이트의 후보작입니다.


명단이 적힌 종이를 엘리사에게 건넨다. 종이를 건네받아
읽는 엘리사.

"才色兼備, 女高時代, 精神汚染, 密着盜撮, 夢精亂, 神秘少
女, 女體探險, 性鄕傳說, 少女世界, 女大探訪, 陰行滿開, 女罪
囚獄, 姉妹協助."

일그러지는 엘리사의 얼굴.


엘리사  이 자식이. 이걸 한문으로 적으면 어떻게 해! 너
       지금 한문 많이 안다고 자랑하는 거니.

드레퓌스  그그게 아니라.

엘리사  (종이를 건네며) 큰 소리로 읽엇!

드레퓌스  재색겸비, 여고시대, 정신오염, 밀착도촬, 몽정
         란, 신비소녀, 여체탐험, 성향전설, 소녀세계, 여
         대탐방, 음행만개, 여죄수옥, 자매협조.

엘리사  (고개를 끄덕끄덕) 밀착도촬이 무슨 뜻이야?

드레퓌스  몰래 카메라를 밀착하여 찍었다는 뜻입니다. 도
         둑 촬영이죠. 영어로는 스파이 카메라.

엘리사  발음이 멋지군. 영어 이름보다 신선함 느낌이
       있어. 섹스토피아니 섹스플라자니 그런 촌스러
       운 이름보다 몇 배 나아.

드레퓌스  그렇죠. 그런 이름들은 식상한 이름들입니다.

엘리사  재색겸비도 좋아. 이름은 좀 더 생각해 본 다음
       결정하자고.

드레퓌스  네. 그리고, 음, 이것은 파란나라 네티즌들을 분
         석한 결과입니다. 십대 중, 후반부터 이십 대 초
         반까지가 가장 높은 비율을 차지하고 있습니다.

엘리사  예상했던 결과야. 우리는 애초부터 청소년을 대
       상으로 했으니까. 그런 의미에서 우리 파란나라
       는 일단 성공작이라고 평가할 수 있어. 파란나
       라는 사람들의 일상적, 비정상적 욕구에 대한,

성취 불가능한 것에 대한 대안적인 성취 수단
이지. 세상을 사는 사람들은 그가 세상에 있다
는 일상성에 의해서 자신의 보이지 않는 마음
의 문제보다 자기 앞에 펼쳐지는 물질의 드라
마에 더 집착하지. (드레퓌스는 뚱한 표정을 짓
는다.) 그래서 자기 자신을 망각하고 그가 관심
을 보내고 있는 대상——자신이 결코 이룰 수
없는——에 집착해서 결국에는 존재론적으로
자신을 상실하게 돼. 우리는 우리가 살고 있는
세상에서 자신을 타인에게 내세우려는 욕심에
전전긍긍해서 자기 존재를 있는 그대로 보려고
하지 않는단 말이야. 이런 현상은 정신적으로
미숙한 청소년들에게 더 강해. 그래서 앞으로도
많은 청소년들이 우리 사이트의 네티즌으로 접
속하게 될 거고, 우리는 우리의 목적을 원만히
달성할 수 있을 거야.

드레퓌스  네, 그렇습니다. 관심은 욕구, 충동, 바람, 경향
　　　　　등의 개념과 유사하지만, 관심이 그런 개념들에
　　　　　서 유추하는 것이 아니고, 오히려 그런 개념들
　　　　　을 가능하게 하는 근거죠.

엘리사  (심드렁한 표정으로) 그래. 그런데 단 하나 부족
　　　　한 점이 있어.

드레퓌스  뭐죠?

엘리사  네티즌, 특히 주고객인 청소년들을 선동할 리더
　　　　가 파란나라에 있어야 돼. 리더라기보다는 그들

의 우상이 필요해.

드레퓌스 리더나 우상이라면, 정치가나 파란나라 시장을
　　　　 의미하는 겁니까?

엘리사 멍청하기는. 네티즌들은 현실에 불만을 품은 사
　　　 람들이야. 현실 세계에서 정치가나 지식인들에
　　　 게 질린 사람들이야. 그 사람들의 위선과 꼴값
　　　 떠는 모습에 넌더리가 난 사람들이 가상 공간에
　　　 서도 다시 그런 작자들을 만난다면 죄다 도망치
　　　 고 말 거야.

드레퓌스 그렇다면 그들은, 전혀 다른 계층의 사람?

엘리사 그렇지. 이제야 말귀를 좀 알아듣는군. 예컨대…….

드레퓌스 가수라면?

엘리사 그래. 내 생각을 제대로 읽었군. 청소년들에게
　　　 연예인, 특히 가수는 가히 절대적인 존재야. 파
　　　 란나라 네티즌의 우상이 될 만한 사이버 가수
　　　 를 만들도록 해. 예술성과 상업성을 적절히 조
　　　 화시키는 거야. 가수라면 우리의 목적을 달성하
　　　 는 데 아주 훌륭한 모델이 될 수 있어.


# 60  드레퓌스의 작업실


특명 프로젝트 ── "절세의 우상"
사이버 인간을 창조해 보세, 이 땅의 인간들로는 우리의
마음이 허전하다네, 우리는 모두 부족하다네.

사이버 인간이 왜 탄생해야 하고 왜 존재하여야 하는가
는 그리 중요한 사항이 아니다. 이는 그저 시대의 어리석은
산물이다. 우리 시대, 핸드폰의 존재와 존재를 뛰어넘는 무
분별한 범람과 자유로움을 구속하는 그 변질에 대해서 아무
도 이의를 제기하지 않는 것과 마찬가지다. 핸드폰이 창조
돼 일상적 의미에서 인간과 인간 사이의 거리가 좁혀진 것
은 사실이지만, 반드시 본래적 의미에서 인간의 거리가 마
음에서 좁혀진 것을 의미한다고 착각해서는 안 된다.

우리가 인간의 존재 근거를 밝히지 못함에 비해 사이버
인간은 그 출생 근거가 분명한데도 아무도 확실한 규정을
하지 않는 데에 문제가 있다. 사이버 인간에게 가장 중요한
것은 그 이름일 뿐이다.


뼈를 깎는 인고와 예술성으로 한 남자가 탄생한다. 그의
외모를 볼작시면, '타고나기를 천성이 너그럽고 말이 적으며
기쁘나 성나거나 도무지 얼굴에 내지를 않고 일찍부터 마음
에 큰 뜻을 품어 천하 호걸들과 사귀기를 좋아하는 이다.
신장은 팔 척이었다. 귀가 유난히 커서 어깨까지 늘어지고
팔이 남달리 길어 두 손은 무릎을 지나며 얼굴은 관옥 같고
입술은 연지를 칠한 듯 붉다.'
드레퓌스는 물끄러미 자신이 탄생시킨 인간을 응시한다.
아무래도 어색하다. 어디에선가 많이 본 모습이다.『삼국지』
의 유비를 만들어냈음을 깨닫고 그가 애써 창조한 인간을
지워버린다. 다시 각고의 노력을 기울여 다른 사람을 창조
한다. 그의 외모를 볼작시면, '당당한 구 척 장신에 수염의

길이가 두 자는 되어 보이고 얼굴은 무르익은 대춧빛이요, 입술은 연지를 칠한 듯하며, 봉(鳳)의 눈, 누에 눈썹에 위풍당당하고 늠름하다.’

드레퓌스는 다시 한번 자신이 창조한 인간을 살핀다. 봉의 눈? 누에 눈썹? 역시 어색하다. 변화무쌍한 세기초에 어울리는 외모가 아니다. 이번에는 『삼국지』의 관우를 만들었음을 깨닫고 그 남자를 지워버린다. 모니터 화면이 깨끗하게 지워진다.

다시 한 남자를 창조한다. 한 남자가 생성된다. 완벽한 인간이 만들어진다. 그의 외모에 대한 설명은 부질없는 짓이다. 직접 대면하면 된다. 그는 인자하면서도 강직하고 부드러우면서도 의지가 있고 지적이면서도 야성미를 겸비했다. 그래서 우리들을 기다린다. 그 인간을 만나고 싶다면 파란나라를 방문하라.

그는 새로운 세계를 창조할 위대한 신인간이다.

그의 이름은 ‘옹호자’.


# 61 보일러실


천장에 백열등이 섬뜩하게 켜져 있다. 계단을 내려오던 반장이 문을 열고 안으로 들어선다. 보일러실은 막 들어간 극장처럼, 스크린에서는 분명 영화가 상영되고 있는데도, 어둡다. 어둠 속에서 기계 돌아가는 위잉 소리가 이해할 수 없는 대사처럼 들린다. 더듬더듬 손을 뻗어 스위치를 누른다. 파파팟 소리와 함께 불이 들어온다.

　구석의 간이 침대에서 벽을 향해 누워 자고 있는 찰리. 잠을 자는 시늉만 할 뿐 그는 잠이 들지 않았다. 뒤척인다. 그는 몹시 피곤하다. 반장이 불콰한 얼굴로 침대 옆 소파에 털썩 앉는다. 소파가 움푹 들어간다. 소파에 푹 파묻힌다. 담배를 꺼내 입에 물고 불을 붙인다.


반장　자니?

찰리　…….

반장　밤새 뭐하고 또 자니.

찰리　어젯밤에 한숨도 못 잤어요.

반장　왜?

찰리　밤새 여기저기 돌아다녔어요.

반장　어디를.

찰리　모르겠어요. 작은 사각의 방에. 쥐새끼처럼, 형
　　　형색색으로, 손톱보다 더 작은 검은 물체 속을.
　　　사람들이 나를 부르는데, 그 이름은 처음 듣는,
　　　생소한 이름이었어요. 유비를 만난 것도 같고
　　　관우를 만난 것도 같고.

반장　유비? 관우? 『삼국지』에 나오는 그 유비, 관우
　　　말이냐?

찰리　네. 그런데 나중에는 다 지워져버렸어요. 깨끗이
　　　지워지고 나는 다른 사람이 되었어요. 새로운
　　　이름으로. 꽤나 멋있었어요. 내가 내 자신에게
　　　반할 정도였으니까. 그리고 전 세계를 돌아다녔

어요. 가느다란 전기선을 통해.

반장  개꿈이다. 너만 한 나이에는 키가 크려고 그런
　　　꿈을 꾸기도 하지. 꿈속에서 관우를 보았다면
　　　복권을 사도 괜찮은데.


# 62  경찰서


모니터 앞에서 무언가를 타이핑하는 경찰관. 그의 손에
소녀의 마그네틱 카드가 쥐어져 있다. 타이핑을 멈추고 마
우스를 끌어 인터넷에 접속한다. 그곳은 파란나라.

원하시는 인간?

경찰관.


# 63  테크노 빌딩 앞


추적추적 비가 내린다. 빌딩의 굴뚝에서 솟아나 하늘로
치닫는 흰 연기.

우산을 쓴 절도 있는 동작의 한 남자가 테크노 빌딩 앞에
선다. 날카로운 눈동자, 치밀한 콧날, 날렵한 움직임. 현관으
로 들어와 우산을 접는다. 우산에서 물이 뚝뚝 떨어진다. 엘
리베이터에 오른다.

# 64 복도

　경찰관은 걸으면서 고개를 절도 있게—로봇을 연상시키는—기웃거리다가 어느 사무실 문 앞에 선다. 세 번 노크하고 문을 연다.

　파란나라 사무실. 책임자를 찾는다. 나이가 지긋한 한 남자가 일어선다. 남자의 얼굴이 긴장으로 굳어진다. 전형적인 샐러리맨의 불안한 표정에서 경찰관은 고개를 갸웃한다. 그 앞으로 다가가 수첩을 꺼내 코앞에 잽싸게 들이민다. '나 이런 사람이오' 하는 듯한 동작. 수첩 사이에서 얼핏 파란나라 시민증 카드가 보인다. 수첩을 호주머니에 넣으며.


　경찰관　전철에서 피살당한 남자 사건을 수사 중이오.
　　　　　그 딸의 네티즌 카드가 발견됐어요. 그 카드는
　　　　　이 회사에서 발급했던데.
　남자　여기는 컴퓨터 프로그램 제작사예요. 우리는 프
　　　　로그램을 만들 뿐이오.
　경찰관　수색 영장을 가져왔으니, 사무실을 좀 둘러봅시다.
　남자　그러시죠.


　사무실을 기웃거리는 경찰관. 그러나 사무실의 공간은 뻔하다. 난감한 표정을 짓는 경찰관. 벽에 꽉 막힌 기분이다.


　경찰관　이 회사의 정체는 무엇이오?
　남자　우리는 인터넷 프로그램을 만듭니다. 파란나라

라고 들어보셨는지?

경찰관  들어봤어요. 혜은이의 노래…… 가 아니라 가상
공간…… 이 아니라 가상의 세계라던가.

남자  네. 맞아요.

경찰관  ……당신이 사장이오?

남자  전 이 회사 관리자이고 사장은 제가 아닙니다.

경찰관  오호, 그래요? 사장은 누구죠.

남자  이 빌딩 지하에 가면 24세기란 카페가 있습니
다. 거기 가시면 엘리사라는 여자 분이 있는데
그분이 사장입니다.

경찰관  그렇지. 그 여자가 사장이지. 전에 만난 일이 있지.


# 65 동물 병원


복도의 유리창을 통해 —— 줄리엣과 한 남자가 이야기하
는 모습. (카메라는 밖에 있다. 카메라는 남자의 등을 비추
다가 서서히 동물 병원 안으로 들어간다.) 동물 병원의 풍
경 —— 천장의 형광등이 파다닥거리면서, 켜지고 꺼지기를
반복한다. 줄리엣이 고개를 들어 그 형광등을 응시한다. 남
자는 줄리엣에게 무언가를 받아 주머니에 넣고 계산한다.

형광등이 계속 파다닥거린다. 남자가 밖으로 나간다. 신
경질적인 표정을 짓는 줄리엣. 전화를 건다.


줄리엣  여기 X층 동물 병원인데 형광등이 고장났어요.

좀 고쳐주세요.

의자에 털썩 앉는다. 그러나 기사는 금방 오지 않는다. 줄리엣은 형광등이 차라리 꺼지는 편이 낫겠다고 생각한다. 마음의 안정이 안 된다. 다시 수화기를 든다. 신호가 가지만 받는 사람이 없다. 벌떡 일어서 문밖으로 나간다. 고개를 길게 빼고 복도를 서성이다 내친 김에 엘리베이터에 오른다.


# 66 지하 계단

음침한 분위기의 지하 계단을 밟는 줄리엣. 굳게 닫힌 보일러실 철문이 나타난다. 문을 지그시, 힘겹게 연다.


# 67 보일러실

입구는 어둡고 실내는 환하다. 요란하고 세련되지 못한 기타 소리가 위잉 하며 기계 소리에 섞인다. 노랫소리가 들린다.

천천히 안쪽으로 걸어간다. 한 남자가 우스꽝스러운 자세로 비자비스의 노래를 부른다. 줄리엣은 그 남자가 보일러 공이라는 걸 안다. 가소롭기 그지없다. 그것도 노래라고 부르는지. 꼴에 카페에서 비자비스 노래를 들었군.

줄리엣은 느닷없이 소리를 꽥 지른다.

줄리엣 전활 몇 번이나 했는데 지금 뭐하는 거예요.

찰리는 막 절정을 향해 가려는 참이다. 오른손을 들었다가 휙 내리면서 기타 줄을 긁는 순간, 줄리엣의 고함이 터지면서 기타 줄 하나가 팅, 소리와 함께 끊어진다. 네 개의 기타 줄이 촤아앙 울리는 것을 찰리가 황급히 손바닥으로 막는다. 일순 모든 것이 멈춘다. 줄리엣의 얼굴은 붉으락푸르락. 호기심을 갖고 있었던 노래를 이따위 남자가 부르다니. 그것도 이런 차림새로. 기분이 상한다.


# 68 카페

카페의 문을 미는 경찰관. 문을 열면서 빠르게 카페의 구석구석을 살펴본다. 개처럼 코로 냄새를 맡는다. 무언가 범죄의 냄새를 맡으려는 듯하다.
홀의 의자에 털썩 앉는다. 아르바이트 학생이 다가와 컵을 탁자에 올려놓는다.

경찰관 나 경찰관인데, 여기 사장님 로그인하라고 해.

3분 후, 엘리사가 생글생글 웃으면서 나타난다. 짧은 원피스. 그녀를 바라보는 경찰관의 눈이 가늘어진다.

엘리사 오랜만에 접속하셨군요.

경찰관은 갈증이 느껴져 컵을 들어 벌컥벌컥 마신다. 엘리사는 담배에 불을 붙여 경찰관에게 건네준다. 엉겁결에 담배를 받아드는 경찰관. 경찰관의 의아스럽다는 시선이 탁자에 놓인 엘리사의 라이터를 향한다. 미국의 상징인 두 날개 펼친 독수리가 돋을새김으로 조각된 금빛 라이터다. 엘리사가 경찰관에게 몸을 은근히 기대자 그는 반대편으로 몸을 기울인다.

엘리사   무슨 일로 왕림하셨어요?

경찰관   지하철 살인 사건 용의자를 추적 중이오. 용의
        자가 파란나라 시민증을 가지고 있었고, 이 건
        물에서 나와 범행을 저질렀는데, 우리의 수사
        결과로는 그가 이 건물에서 잠적했소.

엘리사   어맛? 그래요. 무섭네요.

경찰관   아직 확실한 것은 아니오.

엘리사   보일러공 자살 사건은 해결됐나요?

경찰관   그 질문은 순서가 안 맞군. 하여튼 그건 그 상
        태로 중단이오. 당신은 파란나라 사장이죠?

엘리사   네.

경찰관   당신은 "사람들이 모이는 것을 좋아한다고."고
        진술했소. 기억납니까?

엘리사   진술했죠. 그러나 그 말은 보일러공 자살 사건
        과 관계된 말이에요, 여기서는 논할 계제가 아
        니죠.

경찰관   큼, 그렇군. 사람들은 파란나라에서 무얼 하죠?

엘리사   그런 질문은 어리석어요. "사람들은 지구에서
        무얼 하죠?"라고 묻는 것과 같아요. 이곳에서
        사람들은 그냥 자신이 하고 싶은 일을 해요, 아
        니면 자신은 하고 싶지 않지만 어쩔 수 없이
        무슨 일인가를 하죠, 지구에서와 마찬가지로.
경찰관   그렇군. 파란나라에서도 살인이 일어나나요?
엘리사   그건 비밀이죠.


경찰관 벌떡 일어선다.


경찰관   질문 끝. 됐소. 다음에 오죠.
엘리사   오빠 꼭 와야 돼. 자 이거.


접힌 신문을 불쑥 내민다. 얼떨결에 신문을 받아드는 경
찰관.


엘리사   심심하니까 가면서 읽으라고.


별일도 다 있지, 하는 표정으로 한 손에 신문을 말아 쥐
고 문 쪽으로 걸어간다. 미소 짓는 엘리사. 그가 나가자 등
뒤에 쑥떡감자를 먹인다. 경찰관은 복도에서 무심코 신문을
펼친다. 봉투 하나가 툭 떨어진다. 허리를 굽혀 그것을 집는
다. 봉투에 있는 것을 꺼낸다. 빳빳한 만 원권 세 장이다.

# 69 소녀의 방

이메일을 확인하는 소녀.

축하합니다. 귀하는 파란나라 이벤트 행사에 당첨되었습니다. 사이버 머니 삼만 원을 드립니다.

소녀  아휴, 삼만 원이면, 아쉬운 대로 술 한잔 쏠 수
      있는데, 카드를 그 경찰관 녀석이 가져가 버렸
      으니, 아휴.


# 70 줄리엣의 오피스텔

속이 환히 비치는 얇은 네글리제 차림으로 방 안을 거니는 줄리엣. 거울 앞에 서서 이리저리 자신의 몸을 비춰본다. 볼륨이 있고 탄력이 있다. 흡족하다. 문득 책상 위에 있는 신문에 시선이 간다. 파란나라 광고.
인터넷에 접속해서 빠르게 타이핑한다. http://www.new bluecity.com. 2초 후 새로운 사이버 세계가 펼쳐진다. 파란나라가 한눈에 들어온다. 반짝 빛나는 줄리엣의 눈망울. 신용카드 번호를 입력한다.

직업 —— 달리 희망하는 직업이 없다. 나는 현재의 직업에 만족한다. 수의사를 선택한다.

연령 —— 현재의 내 나이가 좋다.

성별 —— 나는 현재의 여자로 만족한다.

특별히 원하는 얼굴 —— 현재의 나.

특별히 원하는 조건 —— 비를 좋아해요.


# 71 길거리


테크노 빌딩 앞 거리를 산책하는 줄리엣. 부슬부슬 내리는 비. 쇼윈도를 기웃거리며 우산을 쓰고 천천히, 사람들로 분주한 오후의 거리를 걷는다. 버스 정류장의 게시판 앞에 멈추어 선다. 한 가수의 라이브 공연 포스터가 바람에 깃발처럼 나풀거린다.


우리가 기다리던 바로 그
우리의 갈증을 채워줄 바로 그
바로 그가 온다.


택시를 타고 공연장에 가는 줄리엣. 많은 사람들이 입구에 몰려 있다. 까치발을 하고 공연장을 기웃거리는 줄리엣의 뒷모습이 클로즈업된다.

# 72 공연장

사이버 가수가 데뷔했다. 그의 이름은 '옹호자'. 그가 오늘 첫 라이브 콘서트를 연다. 많은 음악 마니아들이 그의 노래를 듣고자, 그의 숨결을 느끼고자 모여든다.

갑자기 강한 바람이 불어온다. 바람은 대지를 쓸어버릴 듯 거세고 낙엽은 우수수 흩날린다. 바람은 음악이 된다. 모래 바람이 일어 한 치 앞도 볼 수 없다. 줄리엣은 두 팔로 몸을 으스러져라 껴안는다. 천둥 번개가 우르릉 꽝꽝, 대지를 울리고 하늘은 갑작스레 환해졌다가 다시 어둠에 휩싸인다. 천둥은 음악이 된다. 줄리엣은 두 팔로 머리를 그러안는다. 태양이 빛을 발했다가 먹장구름이 몰려오면서 구름 속으로 사라진다.

비가 내린다. 비는 점점 강해진다. 빗줄기는 굵어지고 빗소리는 음악이 된다. 땅이 온통 강으로 변한다. 흐르는 강물 소리는 음악이 된다. 줄리엣은 흥분으로 몸을 부르르 떤다. 바람과 천둥과 비와 강물은 음악이 되어 줄리엣의 몸을 휘감는다.

# 73 동물 병원

한낮, 가는 여우비가 내린다. 유리창에 맺히는 빗방울. 상기된 줄리엣의 얼굴. 진열장 뒤에서 안절부절못한다. 화장이 부자연스럽다. 한 남자가 근엄한 표정으로 병원에 들어온다.

경비 반장이다. 직책이 제법 높은 듯 어깨에 힘이 들어가
있고 거들먹거리며 걷는다.

경비 반장 ('쥐 퇴치 전문'이라고 써 있는 안내문을 손으로
          가리키며) 이런 안내문은 이 건물을 방문하는
          사람으로 하여금 이 건물에 쥐가 있다는 선입
          견을 갖게 해요. 이 건물이 위생적으로 문제가
          있다는 암시를 풍긴단 말이에요. 제거해 주세
          요. 다른 입주사에서 항의가 많아요. 당장!
    줄리엣  난 그런 뜻으로 이 안내문을 붙인 게 아니에요.
          난 나의 장사를 위해 붙인 것뿐이에요. 동물 병
          원에서 쥐약을 파는 건 당연하잖아요.

  복도를 어슬렁거리며 걷던 반장, 고개를 길게 내밀었다가
병원으로 들어온다. 경비 반장의 뒷모습을 보고 반가웠지만
둘 사이의 싸늘한 분위기를 눈치 챘다.

    반장  이 안내문은 이 건물하고는 관계가 없어요.
  경비 반장  어째서 관계가 없다는 거야. 당신이 대체 뭘
          안다고, 쥐라는 단어는, 듣기만 해도 일단 소름
          이 끼치는데.
    반장  쥐가 꼭 소름이 끼치는 것은 아니죠. 그 유명한
          미국의 만화 미키 마우스라는 것도 있잖아요.
          애완용으로 쥐를 기르는 사람도 많아요. 그리고
          이 안내문은 이 건물 밖에 사는 사람들을 위한

것이잖아요.


반장의 말에 경비 반장의 표정이 붉으락푸르락해진다.


경비 반장 그래도 이 건물에서는 안 돼.
    반장 간혹은 안 좋은 집에 사는 사람도 많고 집에 쥐
       가 있는 경우도 있죠. 옛날에 비해 높은 건물이
       많이 생겼다 해서 쥐가 없어졌다고 생각하면 큰
       오산이오. 삶의 터전이 도시화 될수록 자연은
       파괴되고 파괴되는 것만큼 쥐는 늘어나고 있단
       말이오. 쥐는 이 시간에도 끊임없이 찍찍거리며
       돌아다니며 있단 말이오.
경비 반장 (삿대질하며) 이봐, 당신 말대로라면 쥐가 애완
       동물이겠네. 예쁘다면서 그럼 쥐를 왜 잡아, 엉?
    반장 (같이 삿대질) 나는 예쁘다고는 안 했습니다.


    반장과 경비 반장은 삿대질을 해가면서 계속 다툰다. 줄
리엣이 진열장 안쪽에서 나와 둘을 문밖으로 밀어낸다. 둘
은 밖으로 떠밀려 나오면서 계속 큰 소리로 말다툼을 한다.
오가던 사람들이 기웃거린다.


# 74 보일러실


    씩씩거리며 보일러실로 들어오는 반장, 모자를 벗어 소파

에 팽개친다.


반장 제길, 재수가 없을려니까.

찰리 왜 그래요.

반장 제길, 저기 저 경비 반장 있잖아. 그놈이 동물
     병원에서 지랄을 하는 거야.

찰리 (고개를 번쩍 들며) 지랄? 왜요?

반장 쥐약 판다고, 그 종이를 떼라고 생떼를 부리더
     라고.

찰리 그래서요.

반장 내가 편을 들었지. 쥐는 어디에나 있는 것이라
     고. 쥐는 인간이 사는 곳엔 반드시 있어. 왜 그
     런 말 있잖아. 쥐새끼 같은 놈이라는 말.

찰리 ……?

반장 속담에도 있잖아. 낮말은 새가 듣고 밤말은 쥐
     가 듣는다고. 청와대 가봐라. 쥐가 없나.

찰리 청와대에 쥐가 있나요?

반장 당연히 있지, 인간 쥐들이 얼마나 많은데.



# 75 한강변 도로와 어느 방


비가 내린다. 어두운 밤. 한 남자가 비를 맞으며 자전거
를 타고 쏜살같이 달린다. 헉헉거리며 페달을 밟는다. 빗줄
기는 거세다. 비를 맞아 옷이 몸에 착 달라붙었다. 머리에는

헬멧을 썼다. 가로등 불빛에 언뜻 비치는 헬멧이 아주 탐스럽다.

어두운 방의 어두운 모니터——한참을 달리다가 남자는 자전거에서 내려 철망 상자를 들고 한강 다리 아래로 내달린다. 허겁지겁 뛴다. 풀이 우거진 다리 아래에는 더러운 물이 흐른다. 발을 헛디뎌 넘어질 뻔한다.

흰 손 하나가——손톱에 자주색 매니큐어가 칠해져 있다——어둠 속에서 불쑥 나타나 컴퓨터를 켜자 모니터 밝아진다.

남자가 플래시를 켠다. 플래시를 비친 만큼 그 자리가 밝아진다.

여자의 흰 손은 마우스를 꽉 움켜쥔다——남자는 다리 아래 여기저기를 바쁜 발걸음으로 헤매 다닌다.

마우스는 인터넷을 클릭한다——남자는 풀이 우거지고 더러운 물이 흐르는 구석진 곳에 철망을 놓고 뚜껑을 연다. 그 안에 맛 좋은 치즈 한 조각이 들어 있다. 철망은 쥐덫이다. 쥐덫을 한쪽 구석에 놓고 10미터쯤 떨어진 다리 아래로 터덜터덜 걸어간다.

인터넷에서 여자는 www.newbluecity.com을 선택한다.

빗발이 거세지고 사방에서 후두둑 소리가 난다. 다리 아래에서는 구겨진 신문지가 바람에 날리고 깨진 소주병, 음료수 깡통, 과자 봉지, 컵 라면 용기가 아무렇게나 나뒹군다. 헬멧을 쓴 남자는 무릎을 모은 채 가만히 앉아 쥐덫을 응시한다.

컴퓨터 화면에 옹호자의 모습이 나타난다. 그가 노래 부른다.

다리 밑의 남자는 쥐 죽은 듯 조용히 앉아 귀를 기울인다. 쥐들이 돌아다니면서 찍찍 소리를 낸다. 남자는 여전히 웅크리고 있다.

1시간쯤 지나고 남자가 벌떡 일어나 철망 쪽으로 간다. 플래시로 철망을 비춘다. 철망 안에 쥐 한 마리가 갇혀 있다. 어른의 팔뚝만큼이나 큰 쥐다. 맛난 치즈를 먹으러 다른 쥐들을 물리치고 왔지만 생포되고 말았다. 날카로운 눈을 끊임없이 굴리는 쥐, 회색 털, 긴 꼬리가 소름끼친다.

철망을 들어 검은 비닐봉지에 넣는다. 뒷자리에 놓고 고무줄로 칭칭 감는다. 남자는 자전거에 올라 쏟아지는 비를 뚫고 페달을 힘껏 밟는다.


# 76 테크노 빌딩 복도 (아침)

짧은 치마를 입고 빨간 하이힐을 신은 한 여자가 또각거리며 복도를 걷는다. 여자의 종아리가 보인다. 그 뒤를 이어 또 다른 여자가 흰 하이힐을 신고 걷는다. 그 뒤를 또 다른 여자가 파란 하이힐을 신고 걷는다. 그 뒤엔 검은 하이힐, 그 뒤에 보라색 하이힐. 하이힐을 신은 여자들은 경쾌하게 걸어가 셔터가 내려진 점포 앞에 멈춘다. 동시에 핸드백에서 열쇠를 꺼낸 다음 주저앉는다. 여자들의 엉덩이가 팽팽하다. 셔터 아래에 자물쇠가 있다. 자물쇠에 열쇠를 꽂는다. 일어서면서 두 손으로 셔터를 들어올린다.

경쾌한 소리와 함께 셔터가 차르르 올라간다.

컴퓨터 가게의 셔터가 차르르 소리를 내면서 올라간다. 레코드 가게의 셔터도, 그 옆의 가전제품 매장의 셔터도, 그 옆의 카메라 가게 셔터도 차르르 소리를 내면서 올라간다. 그 층의 모든 셔터가 차르르 소리를 내면서 올라간다.

여자들은 모두 안으로 들어간다. 순간 날카로운 비명 소리가 사방에서 울려 퍼진다. 여자들이 동시에 밖으로 뛰쳐나온다.

"쥐, 쥐. 으악."

여자들은 소리 지르면서 한 손으로 입을 가린 채 한 손으로 매장 구석을 가리킨다. 그곳에 엄청나게 큰 쥐가 웅크리고 있다. 머리에 피가 묻어 있는 채 그 작고 음흉한 눈을 끊임없이 굴리는 쥐들. 쥐들은 쏜살같이 가게 밖으로 달려나와 여자들을 향해 돌진한다. 여자들은 으악 소리를 내지르면서 동시에 주저앉는다.


# 77 보일러실

반장은 의자에 앉아 일지에 무언가를 적고 있다.

반장  X층에서 오늘 아침 한바탕 난리가 났었다.
찰리  …….
반장  그 층 매장에서 쥐들이 나왔어. 한두 마리가 아
　　　니고 수십 마리. 여자들이 혼비백산하고, 얘기

들었지? 직원들이 불려가 경비 반장한테 된통 깨졌어.

찰리 …….

반장 그 경비 반장, 꼴좋게 됐지. 동물 병원 수의사한 테 종이를 떼라고 큰소리 치더니만 코가 납작해 졌어. 동물 병원 여자 바빠지게 됐어. 참 내, 이 건물에 쥐가 있다니. 넌 믿을 수 있냐.

찰리 …….

반장 근데 너 어젯밤에 어디 갔다 왔냐.


# 78 동물 병원

형광등이 깜박거린다. 창밖에 비가 내린다. 어디선가 아련히 들리는 노래 "rain rain……" 사람들이 병원 바깥 복도에 길게 줄을 서 있다. 줄리엣은 부지런히 쥐약을 판다. 밥에 섞는 물약, 한번 붙으면 절대 떨어지지 않는 끈끈이, 생포한 쥐가 영원히 탈출할 수 없는 철망, 끝에 걸린 미끼를 건드리는 순간 철컥 내려와 목을 조이는 쥐덫.

유니폼을 입은 한 여자가 줄리엣 앞에 선다.


줄리엣 쥐약은 물약, 끈끈이, 철망, 쥐덫 네 가지가 있 어요. 물약을 먹으면 쥐는 다음 날 아침 시체가 되고, 끈끈이에 잡히면 밤새도록 오두방정을 떨 지만 살아 있고 철망에 갇힌 쥐는 왕성하게 살아 있죠. 어느 것을 드릴까요.

　여자　철망에 갇힌 쥐는 어떻게 처리하죠.

줄리엣　철망째 한강에 버리면 돼요.

　여자　어멋 징그러워. 끈끈이로 주세요. 그런데 그것은
　　　　정말 끈덕진가요.

줄리엣　그럼요. 정말 끈덕지죠.


## #79 동물 병원 (시간 경과)

　택배 배달 사원이 커다란 상자를 한 손에 안고 빠른 걸음
으로 복도를 걷는다. 그의 파란 등에 '안방에서 안방까지 빨
리택배 39x-342x' 라는 선전 문구가 수놓아져 있다. 수신처
를 확인하기 위해 손에 든 종이쪽지를 보면서 이곳저곳을
살핀다. 동물 병원 앞에 멈춘다. 줄리엣은 늘 있는 그 자리
에 조각상처럼 서 있다. 남자가 유리문을 민다.

　남자　빨리 택배입니다. 물건 받으세요. 빨리.

줄리엣　어디에서 온 거죠? 뭐죠?

　남자　여기 서명 부탁드립니다. 빨리요.

　줄리엣은 엉겁결에 그가 내미는 확인증에 서명을 한다.

　남자　감사합니다. 아무 때나 연락 주세요. 저희 빨리
　　　　택배는 정말 빠릅니다.

사내는 유리문을 밀면서 '쥐 퇴치 전문'이라는 안내문 아래에 스티커 한 장을 빠르게 붙인다. '안방에서 안방까지 빨리택배 39x-342x'라고 써 있는 스티커다. 그는 동작이 빠르다. 줄리엣은 여보세요, 여보세요 하며 그를 불렀지만 사내는 이미 복도를 성큼성큼 걷고 있다. 뭐 저런 녀석이 다 있어. 줄리엣은 그를 노려보다가 호기심 어린 표정으로 상자를 살핀다.

상자의 표면에는 바코드와 수신처가 휘갈겨진 흰 종이 딱지가 붙어 있다. 칼로 테이프를 자르자 종이 포장 뭉치가 나온다. 종이를 풀어 헤친다. 헬멧이다. 줄리엣은 어멋! 하는 표정으로 헬멧을 두 손으로 들어올린다. 멋진 헬멧이다. 이리저리 살피다 거울 앞으로 간다. 가만히 머리에 쓴다. 꼭 맞다. 누가 보냈을까?

무릎을 구부린 채 두 손을 앞으로 뻗어 핸들 잡는 시늉을 한다. 엉덩이를 앞뒤로 움직이면서 입으로 부다다다 소리를 낸다.


# 80 카페


노래를 끝내고 무대에서 내려오는 비자비스.

박수 치는 사람들 사이를 지나, 통나무 의자와 낡은 테이블 사이를 지나 카운터 쪽으로 걸어간다. 노래 부르는 일이 쉽지 않은 듯 거친 숨을 몰아쉰다. 그의 옷자락이 휘날린다. 여자들이 손을 뻗어 그 옷자락을 잡는다. 홀 중앙의 테이블에 앉아 맥주잔을 기울이는 줄리엣. 그녀는 가슴이 두근거린다. 그가 다가온다. 그에게서 향긋한 가을바람 냄새가 난다.

비자비스는 줄리엣 옆을 지나치면서 무언가를 슬쩍 떨어뜨린다. 흰 종이쪽지다. 종이는 팝콘이 담긴 우묵한 안주 접시에 떨어진다. 팝콘에 섞여 종이는 눈에 띄지 않는다. 손님들과 엘리사와 드레퓌스가 그를 주시하지만 다행히 아무도 그 종이쪽지를 보지 못했다. 팝콘 짚는 시늉을 하면서 엉겁결에 종이를 손에 감추는 줄리엣. 비자비스가 사라지자 줄리엣은 자리에서 일어선다. 가슴이 두근거린다. 남자에게 편지를 받아보기는 중학생 시절 이후 처음이다. 편지를 손에 넣고 힘을 준다. 땀이 흐른다. 편지가 땀에 젖어 글씨가 지워지지 않을까 불안해하면서도 힘을 풀지 않는다. 뛰듯이 걸어서 엘리베이터에 올라탄다. 다행히 엘리베이터에는 아무도 없다. 버튼을 누르고 편지를 읽는다.

내일모레 공연이 끝나는 날 밤 11시, 빌딩 지하 오토바이 주차장으로 —— Your 비자비스

# 81 지하 주차장

천장에 군데군데 등이 있고 감시 카메라가 작동 중이다. 차들이 질서 정연하게 주차돼 있다. 비자비스가 구석으로 걸어간다. 멋진 오토바이 두 대가 세워져 있고 오토바이 옆에는 자전거도 두 대가 있다. 거기에 줄리엣이 있다. 그녀는

헬멧을 들고 있다. 불빛에 반짝이는 헬멧은 멋진 오토바이
에 걸쳐져 있다.

　비자비스를 향해 웃음 짓는 줄리엣. 비자비스는 그녀에게
멋진 미소로 화답한다.


비자비스  나와주셔서 고마워요.
　줄리엣  초대해 주셔서 제가 오히려 고마워요.
비자비스  용케 제 마음을 아시고 헬멧을 가져오셨군요.
　줄리엣  이 헬멧을 누가 보냈나 무척 궁금했었어요. 언
　　　　　제나 이 헬멧을 써보나 고대했는데, 오늘에야
　　　　　꿈을 이룰 수 있겠군요.
비자비스  꿈은 갑자기 이루어지죠.


　머리를 뒤로 쓸어 올리고 헬멧을 쓰는 비자비스. 줄리엣
역시 머리를 뒤로 가지런히 넘기고 헬멧을 쓴다. 헬멧을 제
대로 착용했는지 매만져준다. 줄리엣 옆의 낡은 자전거 핸
들을 잡는다. 당황하는 줄리엣.


　줄리엣  오토바이를 타는 게 아닌가요.
비자비스  오토바이오? 아니에요. 전 오토바이를 운전할
　　　　　줄 몰라요. 난 자전거밖에 못 타요.
　줄리엣  호홋.
비자비스  헬멧을 쓰고 자전거를 타는 게 창피하시다면.
　줄리엣  아니에요. 그렇지 않아요. 저도 자전거를 좋아
　　　　　해요.

비자비스 오케이, 레츠 고. 넓은 세상을 향해. (자전거를 돌
       려 앞쪽으로 향하게 한 다음 올라탄다. 한쪽 발로
       땅을 짚고 핸들을 잡는다.) 타세요. 난 준비됐어요.
줄리엣 (엉덩이를 걸치는 줄리엣. 떨리는 목소리로) 오라잇.


     비자비스는 힘주어 페달을 밟는다. 자전거는 넘어질 듯
비틀거리며 기우뚱기우뚱 앞으로 나간다.


비자비스 꽉 잡으세요.
줄리엣 오라잇.


     자전거는 텅 빈 주차장을 넘어질 듯 넘어질 듯 좌우로 흔
들거리며 미끄러져 간다. 줄리엣은 망설이다가 비자비스의
허리를 두 손으로 껴안는다. 주차장을 빠져나와 어둠이 깔
린 도로를 질주하는 자전거. 갑자기 투두둑 떨어지는 빗방
울, 손을 뻗어 빗방울을 잡는 줄리엣. 자동차들이 클랙슨을
울려댄다. 가을바람이 시원하게 줄리엣의 목을 핥고 지나간
다. 고개를 들어 밤하늘에 윙크하는 줄리엣.


줄리엣 (큰 목소리로) 헬멧은 왜 쓰죠?
비자비스 …….
줄리엣 (더 큰 목소리로) 헬멧은 왜 쓰죠?
비자비스 얼굴을 가리기 위해서죠. 정체를 드러내기 싫어서.

# 82 지하 주차장 (시간 경과)

자전거에서 내리는 비자비스. 헬멧에 맺힌 빗방울, 줄리엣이 헬멧을 벗으며 말한다.

줄리엣  정말 즐거운 밤이었어요.
비자비스  그랬다면 정녕 다행입니다.
줄리엣  커피를 대접하고 싶은데. 제가 좋아하는 노래도
　　　　들려드리고 싶어요.
비자비스  당신이 좋아하는 노래는 곧 제가 좋아하는 노래
　　　　예요. 당신과 함께라면 이 밤이 다 가도록 함께
　　　　노래를 들을 수 있어요.

헬멧을 손에 들고 복도를 걷는 줄리엣과 비자비스.


# 83 오피스텔

딸깍, 스위치 소리와 함께 오피스텔이 환해진다. 냉장고에 붙은 복제 양 돌리의 사진, 아담한 일인용 침대, 그리고 아기자기한 살림살이들. 굳은 표정으로 돌리를 바라보는 비자비스.

줄리엣  술 드실래요.
비자비스  그그러죠. (심란한 표정으로) 그런데 이 사진은
　　　　뭐죠?

줄리엣  ……복제 양 돌리예요.

비자비스  왜 이 사진을 여기에…….

줄리엣  전 동물 병원 수의사잖아요. 돌리는 동물학이나
        생물학을 전공한 사람에게는 일종의 교과서죠.

비자비스  교과서?

줄리엣  반면교사로서의 교과서.

비자비스  ……아, 그렇군요.


  손잡이가 긴 유리잔에 붉은색 술을 따르는 줄리엣. 비자
비스와 나란히 소파에 앉는다. 잔을 탁자에 내려놓고 기쁜
듯 그를 바라본다.


비자비스  당신은 어떤 음악을 좋아하죠?

줄리엣  옹호자라는 가수 아세요?

비자비스  (당황하며) 모모릅니다.

줄리엣  비자비스 씨와는 다른 무대에서 노래를 부르는
        가수예요. 다른 무대라기보다는 다른 공간이죠.

비자비스  이름이 특이하군요. 성이 옹 씨인가요?

줄리엣  전 그의 음악이 좋아요. 좋다기보다는 음, 뭔가
        색달라요.


  유리잔을 탁자에 내려놓고 일어선다. 술은 반쯤 줄었고
붉은 루즈 자국이 묻어 있다. 컴퓨터로 간다. 비자비스의 눈
은 유리잔의 붉은 루즈 자국을 거쳐 줄리엣의 엉덩이를 좇
는다. 줄리엣이 안 보는 사이 자신의 술을 줄리엣의 잔에

따른다. 컴퓨터를 켜는 줄리엣.

    줄리엣  옹호자는 이 안에 있어요. 우리는 항상 그를 만
            날 수 있어요. 그는 전 세계를 드나들어요.
  비자비스  아하, 사이버 가수로군요. 신문에서 그를 봤어요.

    인터넷에 접속한다. 파란나라가 등장한다. 자신의 아이디
  를 입력한다. 서랍을 열어 파란나라 시민증을 비자비스에게
  보여준다.

    줄리엣  이곳에서는 시민증이 있어야 해요. 이곳에도 경
            찰관이 있거든요. 가끔 그들이 검문을 하는데
            이 시민증이 없으면 추방당해요. 해커를 막기
            위해서죠.


# 84 번화한 거리

    흰 가운을 입은 줄리엣. 옹호자의 콘서트 장으로 간다.
  그곳에서는 매일 옹호자의 콘서트가 열린다. 도시는 늘 변
  화한다. 비가 내리는데도 사람들이 들끓는다. 손에 손에 붉
  은 풍선을 들고 박자에 맞춰 휘두른다.

  비자비스  비가 오네요.
    줄리엣  멋지지 않나요. 좋아하는 가수의 공연장엘 갔는

데 비가 내리면.

비자비스  그렇겠……죠. 그곳에서도 사람들이 열광하는군요.

줄리엣  그래요. 그는 우리 시대의 우상이에요. 어쩌면
      지배자일지도 몰라요.


      잠시 후 옹호자가 무대에 등장한다. 옹호자를 보는 순간
갸우뚱하는 줄리엣.


비자비스  왜 그러시죠.

줄리엣  모습이 변했어요. 이상해.


      모니터에 한 남자가 있다. 그 남자는 비자비스가 알고 있
는 (혹은 관객이 알고 있는) 누군가를 닮았다. 비자비스는
경악한다. 눈을 끔벅거린다. 같은 동작을 반복한다. 어리벙
벙한 표정이 경악하는 표정으로 바뀐다. 있을 수 없는 일이
다. 누군가를 모방하여 똑같은 사람을 복제했다.


      줄리엣  이 사람 인상이 어디서 많이 본 것 같아요. 이
            건물 어딘가에서 이 사람하고 똑같은 사람을 본
            것 같아요. 그런데 생각이 안 나요.


      모니터 화면에서는 짙은 어둠을 배경으로 우주인 복장을
한 남자가 기타를 —— 무사가 칼을 맨 자세로 —— 등에 메고
핏발 서린 눈으로 정면을 응시하고 있다. 몹시도 기분 나쁜
음악이 흘러나온다. 화면은 천천히 움직인다. 남자의 얼굴이

클로즈업된다. 클로즈업되는 순간 남자는 사라지고 커다란
해골이 나타난다. 해골은 입체적이다. 천천히 사람의 얼굴로
변한다. 서서히 살이 붙고 머리카락이 한 개, 두 개, 세 개
쑥쑥 자라더니 금세 장발이 된다. 연이어 눈이 생기고 붉은
입술이 나타나고 코가 나타난다. 얼굴은 창백하고 눈은 음
울하게 빛나고 입은 피처럼 붉다. 얼굴만 있는 그 모습은
칼에 목이 잘린 죄수와도 같다.

당황하는 줄리엣. 한 손으로는 마우스를 쥐고 한 손으로
는 입을 가린다.

해골의 얼굴에 목이 생기고 팔이 생기고 몸통이 생기고
두 다리가 생긴다. 찢어지고 낡은 옷차림, 인디언의 옷 같은
복장이 우주인의 옷으로 변한다. 옷은 얼음처럼 차가운 은
빛으로 빛난다. 수없이 많은 단추와 게이지와 구불구불한
파이프와 그 파이프에 주렁주렁 매달린 작은 해골들. 갑자
기 하늘을 향해 두 팔을 치켜든다. 어느덧 등에 멘 기타는
사라지고 갑자기 하늘에서 전자 기타가 떨어진다.


줄리엣  뭔가 잘못된 것 같아요.


줄리엣은 떨리는 손으로 옹호자의 얼굴에 마우스를 가져
가 클릭한다. 서서히 그가 고개를 든다. 눈을 감고 있다. 눈
을 뜨면서 줄리엣을 응시한다. 그의 눈은 차가운 은빛으로
빛난다. 그 눈에서 금방이라도 날카로운 칼 한 자루가 휙
날아와 줄리엣의 심장을 찌를 듯하다.

줄리엣은 흠칫 놀라 엉겁결에 의자를 뒤로 민다. 의자가

찌익 소리를 낸다. 이마에서 땀이 흐른다. 비자비스가 옆으로 비켜선다. 소름이 돋는 전자 기타 소리와 함께 옹호자의 노래가 흘러나온다.

　　내가 연약한 소녀였을 때
　　새로운 아버지가 나에게 왔다네
　　엄마는 새아버지를 사랑했고
　　새아버지는 엄마를 사랑했네
　　오오 그것이 사랑일까


　　어느 날 밤 난 집에 홀로 있었지
　　오, 난 홀로 있었다네
　　벨이 울리고 아버지가 왔다네
　　그는 술에 취해 있었고
　　뱀 같은 눈으로 나를 훑어보았네
　　오오 그것이 탐욕일까


　　알 수 없는 섬뜩함이 내게 다가왔네
　　지금 당장 도망치라는 본능의 목소리
　　왜 나는 그런 느낌이 들었을까
　　여기는 나의 집, 어디로든 갈 수 없는 나
　　오오 그것이 절망일까


　　걱 정 마 괜 찮 을 거 야 그 는 나 의 아 버 지 잖 아 나 스
스 로 위 로 해 보 지 만 웬 지 두 려 움 의 느 낌 뿐 갑 자

기 그 는 거 칠 어 졌 다 네 나 는 곤 경 에 처 한 나 를 발 견 하 지 만 억 눌 린 목 에 서 는 외 침 조 차 나 오 지 않 고 살 려 주 세 요! 살 려 주 세 요! 애 원 하 고 간 청 하 는 나 그 러 나 보 이 는 건 악 마 의 미 소

목 위의 손이 내 생명을 위협하고
발로 차며 온 힘을 다해 저항해 보지만
결국 모든 것은 허사고
나는 연약한 열다섯의 소녀
오오 행복했던 시절이여

더럽고 우악스러운 손이
거칠게 나를 벗겨내고
가녀린 살결은 할퀴어지며
나는 결코 용서받을 수 없는 창녀 같구나
그곳에서 피가 흐르고
오, 나에게 무슨 일이 일어난 거지
나는 더 이상 처녀가 아니구나
오오 사라진 행복이여

피 묻 은 옷 은 이 불 밑 에 감 추 고 영 원 히 비 밀 이 어 야 해 상 처 받 고 피 흘 리 며 아 픈, 이 젠 지 옥 으 로 꺼 져 버 려!

노래는 온통 음울하고 괴기스럽다. 저음으로 지징거리는
전자 기타 소리, 마룻바닥에서 시체를 끄는 듯한 드르륵 소
리, 손톱으로 양철 벽을 긁는 소리, 기타 줄이 끊어지는 날
카로운 소리, 소녀의 끝없는 비명, 어린아이의 우는 소리,
관 앞에서 기도하는 목사의 끊임없는 웅얼거림, 세상을 삼
켜버릴 듯한 바람 소리, 귀를 에이는 듯한 바람 소리.


# 85  드레퓌스의 작업실


　모니터를 앞에 두고 엘리사와 드레퓌스가 악보를 검토하
고 있다.


엘리사　썩 훌륭한 편은 아니지만 그런대로 쓸 만해. 앞으
　　　　로 우리가 만드는 노래는 주제가 뚜렷해야 해.
드레퓌스　…….
엘리사　첫째, 사랑으로 인한 좌절, 고통, 슬픔에의 몰입.
　　　　둘째, 친구 관계, 우정에 대한 배신으로 인한 괴
　　　　로움. 셋째, 성 관계, 쾌락에의 유혹, 그것에 대
　　　　한 가치 부여. 넷째, 폭력, 특히 학원 폭력, 성폭
　　　　행의 가해 혹은 피해에 대한 심상. 다섯째, 약
　　　　물, 음주에 대한 예찬. 여섯째, 효와 전통 사상
　　　　의 부정, 나아가 절차를 무시한 성공, 이성에 대
　　　　한 분노, 사회 문제에 대한 주의 환기, 예컨대
　　　　공해, 획일적인 교육, 사회 제도의 불합리성 등

등. 얼마든지 많아.
드레퓌스  아주 훌륭한 발상입니다.


# 86 카페


　어두운 카페에 엘리사와 찰리가 마주 앉아 있다. 탁자에
는 반쯤 마신 양주 한 병이 있다. 찰리에게 술을 따라 건네
주는 엘리사. 찰리는 긴장된 표정으로 다소곳하게 잔을 받
는다. 입술을 약간 축인 뒤 얼굴을 찌푸리고 잔을 내려놓는
다. 엘리사는 그런 동작을 누나 같은 표정으로 바라본다.


엘리사  가수가 되려는 꿈은 아직도 유효한가요.
　찰리  네네. 저전. 그그러니까.
엘리사  (한 잔 들이켠다.) 호홋. 열성이 대단하군요. 가
　　　　수가 되려면 세상을 바라보는 시각이 보통 사람
　　　　과는 달라야 해요. 찰리 씨는 혹시 고아원에 가
　　　　본 적이 있나요?
　찰리  아, 그그러니까 저전.
엘리사  아, 괜찮아요. 갈 일이 없겠죠. 찰리 씨는 이 세
　　　　상에 대해 어떻게 생각해요?
　찰리  아 그그러니까, 저전.
엘리사  굳이 그렇게 설명하려고 노력할 필요는 없어.
　　　　세상은 타락했어. 알아? 세상은 형편없이 타락
　　　　했다고. 애초에 신이 세상을 만들 때 이렇게 되

리라고 예상하지는 못했지. 그는 아름답고 순수
하고 영원한 터전을 기대했었는데 우리가 그의
뜻을 망쳤어. 우리는 그의 뜻을 받들어 새 세상
을 창조해야 해. 창조, 알아?
찰리　어어떻게 하면 새 세상을 창조할 수 있죠?
엘리사　간단해. 지금의 상태를 종식시키는 거야. 깨끗하
고 완벽하게 종식시키고 순수한 종자만을 남겨
서 원래 신이 계획했던 아름다운 세상을 만드는
거야.
찰리　그 방법은 뭐죠.
엘리사　간단해. 쓸어버리는 거야. 몽땅, 쓸어버리는 거
야. 깨끗하게.
찰리　제가 알기에 그런 일은 옛날에도 있었잖아요.
하느님이 홍수를 일으켜 세상을 깨끗이 정리하
고 노아라는 사람만 남겨놓았잖아요. 우리는 모
두 그 노아의 후손 아닌가요.
엘리사　그렇지. 맞아, 당신 말이 정답이야. 그때의 하느
님처럼 우리도 세상을 쓸어버려야 해. 과감히
폐기 처분시켜야 한다고, 이 세상의 모든 위선
과 사악한 것들과 인간들을, 크메르 루주처럼,
히틀러처럼, 스탈린처럼. 그러나 방법은 달라.
우리는 물이나 총이 아니야. 우리는 소리야. 소
리, 즉 노래지. 하느님이 아담을 창조하였듯이,
우리는 새로운 인간을 창조해야 해. 그는 우리
의 뜻을 실행할 실천자야. 우리의 뜻을 받들 옹

호자라고.


옹호자의 노래가 흐른다.


엘리사  억눌린 자를 짓밟는 사람들이 나쁘다고 생각하
        면 큰 실수야, 억눌린 자들이 오히려 나쁜 거야,
        그들은 인간 쓰레기라고. 그들을 전부 불태워
        없애버려야 해, 이글이글 타는 불에 집어던져야
        해, 복수하라고, 너의 지난날을 돌이켜봐, 너를
        짓밟았던 자들을. 옹호자? 옹호자는 강한 자를
        옹호한다고, 모두 짓밟아!


# 87 동물 병원


  고개를 숙이고 복도를 걷는 찰리. 문득 고개를 들어 앞을
뚫어져라 응시한다. 깨끗하게 닦인 유리벽에 괴기스러운 남
자의 모습이 실루엣으로 어른거린다.
  갑자기 그를 향해 돌진하는 찰리.
  유리문이 활짝 열리고 엉겁결에 안으로 들어선 찰리. 두
리번거리며 자신이 들어선 곳을 살핀다. 그곳은 동물 병원
이다. 당황한다. 아주 짧은 순간 "복수하라. 망설이지 말고
네가 하고자 하는 그 일을 하라."는 외침이 귓가에 맴돈다.
바보처럼 우두커니 홀 안에 서 있는 찰리. 자신의 위치를
파악하고 안절부절못한다.

줄리엣  (바보 같은 녀석 다 있다는 듯한 표정으로) 무엇
        을 드릴까요.
   찰리  쥐쥐약, 가루로 된 것.
엘리사  어디에 쓰시게요. (여차하면 당신에게는 안 팔겠
        다는 태도다.)
   찰리  쥐쥐 잡으려고.
엘리사  정말이에요?
   찰리  쥐쥐약을 쥐 잡는 데 쓰지, 소소소 잡는 데 쓸
        까 봐.
엘리사  (그것도 모르느냐는 듯 경멸하는 태도로) 부엌칼
        은 요리하는 데 쓰라고 만들었지만 사람 죽일
        때 쓰는 경우도 있잖아요. (꽤나 적절한 예를 들
        었다고 생각한 줄리엣은 우쭐한다.)
   찰리  (고개를 푹 숙이며) 그그것 먹고 내가 주주주주
        죽거나, 사람 죽이진 않을 거니깐 거거걱걱정
        말아요.


줄리엣은 비웃음이 가득 담긴 표정으로 돌아서서 쇼케이
스를 뒤진다. 흰 비닐봉지를 찰리에게 내민다.


줄리엣  물에 타서 음식에 살짝 발라 쥐가 다니는 길에
        놓으세요. 오천 원입니다.


꾸깃꾸깃한 지폐를 호주머니에서 꺼내 쇼케이스에 올려
놓는다. 더러운 물건인 양 가느다란 눈으로 그것을 응시하

는 줄리엣. 돌아서는 찰리의 어깨에 서린 모멸감.

외침이 들려온다. "복수하라."

귀를 틀어막는 찰리. 손에 든 흰 가루약을 움켜쥔다.


# 88 빌딩의 여기저기, 사무실, 판매점, 오피스텔, 지하 주차장, 카페


일을 하던 사람들이, (파란나라 프로그래머들의 프로그래밍 모습이 순간적으로 보인다.) CD를 고르던 사람들이, 컴퓨터를 고르던 사람들이, (드레퓌스가 프로그래머들에게 지시하는 모습) 오피스텔에서 서류에 무언가를 적던 사람들이, 침대에 누워 섹스를 하던 사람들이, (한 프로그래머는 "전부 다 쓰러지게 할까요?"라고 묻는다.) 자동차의 문을 잠그던 사람들이, 복도를 걷던 사람들이, (드레퓌스는 "인정사정 볼 것 없다, 이제는 전진이다, 죄다 혼절시켜 버렷!"이라고 외친다.) 동물 병원에 서 있던 줄리엣이, 카페에서 술병을 정리하던 엘리사가 쓰러진다, 넘어진다. 비틀비틀, 허우적대면서 힘없이 스르르 쓰러진다.

멀리서 들리는 앰뷸런스 소리.


# 89 경찰서 조사실


음울한 회색 벽을 배경으로 두 남자와 경찰관이 책상을 사이에 두고 앉아 있다. 한 남자(찰리)는 두 손으로 머리를 싸매고 책상에 고개를 박고 있고 그 옆의 남자(반장)는 멍하니 천장을 올려다본다. 천장에는 촉수 낮은 백열전구 하나가 달려 있다. 마주 앉은 경찰관이 주먹으로 책상을 꽝, 내려친다. 번쩍 고개를 드는 찰리.


경찰관  보일러 파이프를 통해서 유포된 독가스의 성분을 분석한 결과가 나왔는데, 뭔지 아나?

찰리  …….

경찰관  쥐약이야. 그 X층의 우리 나라 동물 병원 수의사가 당신에게 가루 쥐약을 팔았다고 하더군. 왜 그랬나?

반장  그런데 말이죠. 보일러 파이프를 통해 쥐약을 뿌렸다고 해서, 사람들이 쓰러지나? 쥐약이 그렇게 독한가?

찰리  …….

경찰관  그것은 지금 이 자리에서 논할 바가 아니오.

반장  그렇다면, 그것은 사고였소.

경찰관  사고인 것은 다 아는 사실이오. 내가 알고 싶은 것은 고의냐 과실이냐요.

반장  과실이오. 다른 말로 인간 과오요.

경찰관  (비웃는 표정으로 반장과 찰리를 노려보며) 인간 과오?

반장  쉽게 말해 실수란 뜻이오. 다른 뜻은 없었소.

경찰관  당신 말의 사실 여부를 가리기 위해 '애'의 정신 감정을 해봐야겠소.

반장  그런데 당신은 무척이나 바쁘네, 살인 사건 조
      사하랴, 자살 사건 조사하랴.
경찰관 이보시오, 반장님. 제발 부탁이니 순서를 혼동하
      지 말라고요, 제길, 사람들이 죄다 순서를 혼동
      하고 있어.


# 90  병원

의사와 찰리, 반장, 경찰관이 앉아 있다.


의사  인간의 뇌는 다양한 외적 자극과 내적 정보들을
      종합 분석하고 이를 토대로 인간으로 하여금 사
      고하고 행동하게 합니다. 즉 정보 처리 기관인
      셈이죠. 뇌에서의 정보 처리 과정은 크게 세 단
      계로 나눌 수 있는데 입력, 중앙 처리 그리고
      출력 과정입니다. 정신 분열증 환자의 뇌는 구
      조상으로는 큰 이상이 없지만 핵심 부위의 손상
      으로 이 정보 처리 세 단계에 전체적인 장애를
      보여 결국 정보 처리 과정에 문제를 초래합니다.
      먼저 뇌의 정보 처리 세 단계에 대해 공부해 봅
      시다. 외부에서 들어온 자극은 뇌에 전달되어,
      중요한 정보는 집중되지만 그 반대로 하찮은 정
      보는 들어가지 못하도록 약화됩니다. 그런데 정
      신 분열증 환자의 경우 이런 입력 과정의 문제

로 쓸모없는 정보는 쌓이고 필요한 정보는 모자라는 등 혼란이 초래하는 거죠.

한편 입력된 정보는 중앙 처리 과정을 밟습니다. 이는 크게 두 과정으로, 등록 및 자동 정보 처리라는 1차 과정과 이 자동 처리 과정에서 문제가 생겼을 때 더욱 고도의 집중과 문제 해결을 위한 2차 처리 과정을 밟습니다. 환자의 경우 이런 기능을 담당하는 중요 시스템들에 에러가 생겨 적절한 정보 처리에 문제가 생기고 그 결과 장애가 발생합니다.

또한 정신 분열증의 장애는 출력 과정, 즉 표현 과정까지도 이어집니다. 처리된 정보는 언어 정보로 발전, 개념적인 분석을 통해 정보 처리가 계속 진행되는데 이미 중앙 처리에 문제가 발생한 정보는 언어와 기능을 손상시켜 결국 언어 진행과 행동 진행에 큰 장애를 일으킵니다.

정신 분열증의 대표적인 증상인 환청을 이런 정보 처리 과정의 장애로 설명해 보면 환자의 경우 현재 상황과는 맞지 않는 기억이 연상되거나 또는 이런 연상 작용을 뇌의 하드웨어가 실제 외부에서 들려오는 소리로 착각을 일으킵니다. 이 같은 뇌의 오판으로 환자는 실제로는 아무 자극이 없음에도 환청을 듣는 것이죠.

반장 선생님은 인간의 상태를 인간 자체로 보지 않고 꼭 무슨 컴퓨터 다루듯 합니다그려.

의사 　그렇습니다. 이제 인간의 모든 행동은——컴퓨
　　　터가 들으면 기분 나빠하겠지만——컴퓨터 시
　　　스템으로 설명될 수 있습니다. 정신 분열증에는
　　　망상, 환청, 사고 진행의 장애, 정서적 둔마, 자
　　　아 경계의 상실, 외부 세계와의 단절 등이 있는
　　　데 이 환자의 경우 '자아 경계의 상실 + 환청'으
　　　로 진단 내리는 것이 타당한 것 같습니다. 마치
　　　인공 지능 컴퓨터가 자신이 사람인 것처럼 착각
　　　해서 무슨 일을 스스로 하려는 것과 같습니다.
　　　거기에 덧붙여 망상적인 환청이 작용한 것입니
　　　다. 이 환자의 행동에 고의성은 없습니다.


# 91 한강변 언덕


　하늘은 침울하고 숭숭 뚫린 구멍으로 비가 내릴 듯하다.
바람이 불고 낙엽이 흩날린다. 두 사람이 잔디 언덕에 앉아
잔물결이 이는 한강을 응시한다. 잿빛 도로에는 자동차들이
빠른 속도로 질주한다. 자전거가 있고 그 옆의 남자와 여자
는 헬멧을 쓰고 있다.


줄리엣 　비자비스 씨의 노래는 가슴을 찡하게 해요.
비자비스 　고고맙습니다.
줄리엣 　정확히는 모르겠지만, 가진 것 없어도 세상에
　　　욕심내지 말고 살라는 뜻인 것 같아요. 사람들

이 전부 그런 마음만 지니고 살면 얼마나 좋을
까요.

비자비스  그그렇겠죠. 그런데 어디 그게 쉽나요.

줄리엣  그렇지 않죠. 우리 빌딩에 있는 보일러공은, 그
얘기 들었어요? 그 남자 참 못됐더라고요. 어떻
게 그런 생각을 했을까.

비자비스  ······.

줄리엣  가스가 처음 나오는 순간 어디선가 많이 맡은
냄새라는 걸 느꼈죠. 내가 판 쥐약이라는 걸 알
아채면서, 혹 내가 쥐가 된 것은 아닐까라는 우
스꽝스러운 생각이 들면서 정신을 잃었어요.

비자비스  어차피 사람은 쥐예요.

줄리엣  ······?

비자비스  우리 모두는 사람인 체하지만, 판단 능력이 있
고 인식 능력이 있는 주체라고 생각하기 쉽지
만, 알고 보면 인간은 그 누군가의 마우스에 의
해 조정되고 있는, 있다는, 있을 뿐인 존재죠.

줄리엣  그럴 수도 있겠죠. 마우스라는 건 이제 중요한
도구가 되었어요. 인터넷 가수 옹호자 있잖아요.
그 사람 외모가 어디선가 만난 사람 같다고 제
가 말했죠. 그 사람이 우리 빌딩 보일러실 기사
예요. 그 바보 같은 남자라니. 그를 복제해 옹호
자를 만든 거예요.

비자비스  (흠칫 놀란다.) 인터넷의 그 가수는 실제 인물이
아니잖아요. 그 보일러 기사는 실제 인물이고.

우연히 얼굴이 닮았겠죠. 비슷한 사람들이 간혹 있으니까. 그리고 꼭 현실의 인물을 모방해서 가상의 인물을 만들 필요는 없잖아요.

줄리엣 그렇지 않아요. 완전히 창조해서 만든 인물이라 해도 그는 누군가를 분명 닮게 되어 있어요. 최초의 인터넷 가수라는 아담 있잖아요. 그 사람도 완전한, 백 퍼센트 창조지만, 그하고 닮은 사람이 없을 것 같아요? 많을 거예요. '아담 닮은 인물 찾기 대회'를 연다면 적어도 백 명은 올 거예요. 창조했는데 비슷한 사람이 그렇게 많다는 것보다는 차라리 현실에 있는 사람을 모델로 해서 만드는 게 더 속 편하죠.

비자비스 그그렇겠네요.

줄리엣 전 그 파란나라를 만든 사람을 알아요. 그 사람들은 인터넷 가수를 이용해 돈도 벌고 나쁜 사상도 전파시키려 해요.

비자비스 돈을 버는 것은 나쁜 일이 아닌데…….

줄리엣 그렇죠. 그런데 그 사람들은 그게 목적이 아니에요. 전 그들의 정체를 알아요.

비자비스 정체?

줄리엣 그래요. 누구든지 간에, 사람이 아니고 물체일지라도, 물론 사이버 인간일지라도 '정체'가 가장 중요해요.

비자비스 줄리엣 씨의 정체는 뭐죠?

줄리엣 저요? 저는 그저, 평범한 여자예요. 수의사. 비자비스 씨의 정체는 뭐죠.

비자비스 전…… 전 그냥 저일 뿐이에요. 전 무명 가수예
요. 그 사이버 가수의 정체는 뭐죠?

줄리엣 그는 악마예요. 그 사람의 홈페이지에 있는 상
징을 저는 보았어요. 마우스였어요.

비자비스 마우스? 컴퓨터 마우스 말이에요?

줄리엣 아니요. 그 마우스 말고 진짜 마우스. 쥐 말이에
요. 보일러공이 쥐를 잡아 죽이려 했지만, 그는
실제 쥐는 죽이지 못했어요. 쥐를 죽이려 하면
서 사람들을 죽이려 한 거예요. 그런데 이해할
수 없는 것은 그 보일러공이, 자신이 마우스면
서 왜 마우스를 죽이려 했는가 하는 거예요. 제
가 보기에 그는 매우 혼란스러워하는 것 같아
요. 자신이 마우스라고 느끼면서, 마우스가 아
니라고 생각하면서, 쥐를 죽이려 했다가, 사람들
을 혼란으로 몰아넣으려 했다가.

비자비스 자신이 마우스가 아니라고 생각했겠죠.

줄리엣 인간은 마우스를 만들고 마우스는 옹호자를 만
들고 옹호자는 나쁜 노래를 부르고. 그런 노래
를 부르는 사람은 추방시켜야 해요. 난 비자비
스 씨가 부르는 아름답고 멋진 노래가 좋아요.

비자비스 제 노래를 그렇게 평해 주시다니, 정말 고맙습
니다.

줄리엣 우리 그를 물리쳐요.

갑자기 쏟아지는 비.


비자비스 (하늘을 올려다보며) 누구를?

　줄리엣 옹호자와 그 일당들.

비자비스 ……어떻게 물리치죠? 왜 물리쳐야 하죠?

　줄리엣 그는 악마예요. 난 그의 정체를 알아요. 그의 노
　　　　래를 듣고 있으면 미움과 분노, 복수, 피, 파괴,
　　　　전쟁, 증오, 분열, 다툼, 질시, 살인이 떠올라요.
　　　　전 그런 것들이 싫어요.

비자비스 세상에는 그런 것들도 필요하지 않을까요.

　줄리엣 경우에 따라서 약간은 필요하겠죠. 그러나 그런
　　　　것들은 없어져야 해요. 영원히.


　헬멧을 때리는 빗방울.

　흥분하여, 두 주먹을 불끈 쥐고 벌떡 일어서는, 그러나 약
간은 과장하는, 귀엽기조차 한 줄리엣.


# 92  영업 끝난 카페


　둥그런 탁자를 사이에 두고 엘리사와 찰리가 앉아 있다.
찰리에게 술을 따라주는 엘리사. 그러나 찰리는 그 술을 마
시지 않는다.


엘리사 쥐약을 들이켜고 쓰러질 때 난 아주 황홀했어.

천국이 다가온 기분이었어. 구름 위를 걷는 것
같았고 세상을 내 손아귀에 움켜쥔 기분이었어.
비록 나는 쓰러졌지만 곧 다시 소생하리라는 것
을 알고 있었기에 두렵지 않았지. 그런 기분을
느끼게 해준 그 누군가를 위해서 자, 건배.


술잔을 허공으로 치켜드는 엘리사. 마지못해 잔을 들어
부딪치는 찰리.


엘리사  그런데 깨어나면서 아주 기분이 나쁘더라고. 시
　　　　도는 멋있었고 완벽했는데 끝은 허무한 거야.
　　　　왜 그런지 알아?
찰리　　…….
엘리사  과학이 정복해야 할 마지막 영역은 인간 자신이
　　　　야. 인간에 대한 철학적 기반은 이미 마련되어
　　　　있어. 그러나 인간이 정복되려면 인간은 조정되
　　　　어야 해. 즉 인간은 계획되어야 하는 거라고. 그
　　　　런데 이 지구상에는 계획되지 않은 인간이 너무
　　　　많아. 우리에게는 희생자가 필요해. 그런데 이
　　　　번 거사에는 희생자가 한 명도 없었어. 죽음으
　　　　로써 우리의 의지를 축복해 주는 자가 한 명도
　　　　없었던 거라고. 알아? 어떻게 생각하나?
찰리　　나쁘다고 생각해요.
엘리사  물론 나쁘지.
찰리　　희생자가 없었다는 게 나쁘다는 게 아니라 그런

일을 하는 것이 나쁘다는 거예요. 나는 내가 왜
그런 일을 했는지 도대체 이해가 되지 않아요.
그리고 당시의 일이 구체적으로 기억나지 않아
요. 당신들이 날 그렇게 만들었어요.


　너털웃음을 터뜨리는 엘리사. 손을 허공에 들고 딱, 소리
를 낸다. 소리와 동시에 카페 안쪽의 작은 문이 열리면서
드레퓌스가 나온다. 옆구리에 노트북 컴퓨터를 끼고 있다.
노트북을 탁자에 내려놓고 뚜껑을 연다.


드레퓌스　널 위해 노래를 만들었어. 네가 우리 말을 잘
　　　　　듣는다면, 넌 곧 가수로 데뷔할 수 있을 거야.


　인터넷에 접속해 파란나라로 들어간다. 옹호자가 모습을
드러낸다.


드레퓌스　우리의 추종자들이 늘어가고 있어. 옹호자가 탄
　　　　　생한 지 얼마 되지 않았는데 벌써 각지에 팬 클
　　　　　럽이 조직됐지. 조회 수가 3,535,000건을 돌파했
　　　　　어. 뮤직비디오는 프랑스 파리 뮤직비디오어워
　　　　　드에서 최우수상을 수상했어. CF 촬영 제의가
　　　　　매일 들어오고 있고 결혼하자는 프러포즈도 부
　　　　　지기수야. 어때 기쁘지 않나.
　찰리　　나와 상관없는 일이에요. 난 옹호자가 아니에요.
드레퓌스　그렇지, 너는 아니지. 그렇지만 원래는 너였어.

# 93 한강변 언덕

우중충한 어둠이 내린 언덕에 비자비스와 줄리엣이 앉아
있다. 그들 옆에 자전거가 있고 그 옆에 헬멧이 두 개 나란
히, 얌전히 ── 벗어놓은 신발처럼 ── 놓여 있다.


줄리엣   비가 올 것 같아요, 요즘은 비가 자주 내려요.
        ……세상을 이루는 것이 무엇이라고 생각하세요.

비자비스   (이런 질문은 골치 아프다는 듯이) 돈, 권력, 위계
        질서, 보수적인 사고방식, 그런 것들.

줄리엣   그럴 수도 있겠죠. 그러나 실은 그렇지 않아요.
        세상을 이루는 것은, 그리고 세상을 유지해 나
        가는 것은 그런 것들이 아니에요. 사랑, 웃음, 작
        은 것에 대한 그리움, 고마움. 그런 것들이에요.

비자비스   그럴 수도 있지만 그런 것들은 힘이 약해요.

줄리엣   그렇지 않아요. 작은 선은 힘이 무한해요. 비자
        비스 씨가 노래하는 카페의 여자 있죠. 그 여자
        는 큰 것을 꿈꾸는 여자예요. 그 여자는 거창한
        것을 창조하려 해요. 전 거기에 반대해요. 비밀
        하나 알려드릴까요?

비자비스   무슨 비밀?

줄리엣   난 카페 여사장의 정체를 알아요. 그 여자는 악
        마를 창조하려 해요. 아주 커다란 악마를 창조
        해서 세상을 혼란에 빠뜨리려 해요. 옹호자가
        그 여자의 변신이에요. 난 그 일에 반대해요. 난

복제를 좋아해요. 우리가 사는 세상에 더 이상
의 창조는 불필요해요. 힘 있는 것의 창조보다
는, 힘 있는 것이 세상을 다스리기보다는 작은
것의 복제, 작은 것들의 공존이 중요해요. 작고
선한 것들의 끝없는 복제.

비자비스　그렇지만 세상은 끊임없는 창조로 이루어져 있
잖아요.

줄리엣　아니에요. ‘하늘 아래 새로운 것은 없다.’라는 말
들어보셨어요?

비자비스　……네.

줄리엣　사람이 아기를 낳는 것은 창조가 아니에요. 생
명의 창조가 아니에요. 복제예요, 복제. 그 아버
지와 어머니의 일부분의 복제. 그래서 자식은
부모를 닮는 거예요. 비자비스 씨는 누구를 닮
았죠?

비자비스　나난, ……어머니를 닮았어요.

줄리엣　어머니는 미인이셨나요?

비자비스　……네.

줄리엣　좋으시겠네요……. 생명뿐만이 아니고 물건도
사상도 법률도 제도도 예술도 알고 보면 전부
복제예요, 복제. 난 복제가 좋아요.

비자비스　세상이 전부 복제라는 건 틀린 말 같은데.

줄리엣　자동차가 완전한 창조라고 생각하세요?

비자비스　그렇죠. 발명가의 완전한 창조죠.

줄리엣　그렇지 않아요. 자동차는 말이 끄는 마차에서

복제되었어요. 마차는 바퀴에서 복제되었고, 바
퀴는 통나무에서, 통나무는 새싹에서, 새싹은 씨
앗에서 복제되었어요.

비자비스  씨앗은?

줄리엣  씨앗만이 하느님의 창조예요. 하느님이 세상을
처음 만들었을 때, 그만이 유일하게 자연을 창조
한 거예요. 인간은 그 이후 끊임없는 복제를 통
해 하느님이 창조한 물건을 조금씩 변형시켰을
뿐이에요.

비자비스  ……. (무언가 반박을 하고 싶은데 논리가 부족해
입을 다문다. 조금 그럴듯하기도 하지만 선뜻 맞
장구치기도 어렵다.)

줄리엣  무언가를 창조하려는 자들은 자신이 정말 새로
운 것을 창조했다고 우쭐하지만 실은 그렇지 않
아요. 그들은 우월주의자들이고 파괴주의자들일
뿐이에요. 난 그들에 반대해요. 그들은 다만 복
제를 했을 뿐이에요.

비자비스  카페 여사장은 무언가 새로운 것을 만들려고 하
던데.

줄리엣  나쁜 것을 만들고 있어요, 세상을 혼미스럽게
할 그 무언가를, 옹호자가 그의 대변인이죠, 그
여자는 아무런 목적 없이 나쁜 행위를 해요. 그
저 심심풀이로, 자신의 능력이 어느 정도인지
시험해 보고 싶어서 살인을 하는 격이에요…….
우후, 지겨운 여자…… 비자비스 씨, 이제 그 카

페에서 노래 부르는 일은 그만두세요. 지상으로
올라와 진정한 가수로서 활동해야죠. 제가 힘은
부족하지만 비자비스 씨가 가수가 될 수 있도록
힘써 볼게요, 우리 힘을 합쳐요.
비자비스 …….


# 94 카페


  늦은 밤. 어두컴컴한 복도. 홀로 불을 밝히는 '비상구' 안
내판. 멀리서 자동차 소리. 어디선가 들리는 기계 소리. 그
런 소리들이 쥐들이 내는 소름끼치는 소리와 섞인다.
  천장에 우중충하게 불을 밝힌 전구 아래 머리를 맞대고
있는 엘리사와 드레퓌스 그리고 비자비스.


비자비스 곰곰이 생각해 봤는데 난 더 이상 노래를 할 수 없
        어요. 이 카페의 무명 가수 노릇을 그만두겠어요.
  엘리사 왜 갑자기 그런 생각을 하게 됐지?
비자비스 갑자기가 아니라 오래전부터 생각해 왔어요. 그
        만두겠어요.
드레퓌스 푸핫. 지금까지 노래를 한 건 네가 아냐. 네가
        노래를 불렀다고 생각하면 큰 오산이야, 착각이
        야. 넌 노래를 부르지는 않았지만, 앞으로도 계
        속 불러야 해. (엘리사의 어리둥절한 표정, 대체
        무슨 뜻인지 모르겠다는 듯) 사람들은 너의 정체

를 알지 못해. 특히 수의사는 더더군다나 모르지.

비자비스  그러니까 노래를 할 수 없다는 거예요. 난 유명
한 가수가 되어 세상 밖으로 나가고 싶었는데,
오히려 음침한 지하 카페에 가라앉고만 있어요.

드레퓌스  네가 노래를 하고 말고는 우리가 결정할 거야.
넌 그저 우리가 시키는 대로 하기만 하면 돼.
그러면 널 가수로 만들어주지.

비자비스  난 할 수 없어요. 난 사람들을 더 이상 속일 수
없어요. 특히…… 나는 나 자신을 더 이상 속이
지 않겠어요.

엘리사  (지금껏 둘의 대화를 물끄러미 듣고 있다가, 몸을
뒤로 기대며) 넌 아무도 속이지 않았어. 넌 지금
까지 잘해 왔어. 네가 다른 사람이라고 생각하
는 건 너의 착각이야. 네가 그렇게 생각하도록
부추기는 불순 세력이 있겠지, 수의사 같은 여
자들 말이야. 멍청한 인간들이 주제넘게 까불지.
호홋.

비자비스  (입술을 지긋이 깨물며) 당신의 말은 앞뒤가 맞
지 않는군요. 당신은 내가 옹호자라고 했죠. 그
런데 이제는 아무것도 아니라니. 하여튼 난 그
사람 역할을 할 수 없어요. 그 사람은 사람이
아니에요. 나 역시 그의 노래를 매일 들어요. 그
의 노래를 듣고 있으면 누군가를 죽이고 싶다고
요. 그는 악마예요. 난 당신들의 정체를 폭로하
겠어요. 난 당신들의 마우스가 아니에요.

　　엘리사는 묘한 미소를 짓고 드레퓌스는 크게 웃음을 터
뜨린다.


드레퓌스　도대체 무엇을 폭로하겠다는 거야. 정체? 우리
　　　　　들의 정체는 그저 우리들이야. 이 정신병자 같
　　　　　은 녀석아, 옹호자는 바로 너야, 너! 그 사람이
　　　　　너란 사람인 줄 몰랐나? 우리가 너의 정체를 폭
　　　　　로할 수 있어도 너는 우리의 정체를 폭로할 수
　　　　　없어. 우리가 너의 정체를 폭로하면, 넌 그날로
　　　　　끝이야. 네 말대로 넌 마우스가 아냐. 넌 우리
　　　　　마우스에 의해 조정되는 쥐 새끼일 뿐이야.


　　비자비스는 얼굴이 일그러지다 못해 흙빛으로 변한다.


엘리사　아, 뭐 그렇게 당황할 필욘 없어. 그냥 우리 말
　　　　만 들으면 돼. 우리가 시키는 대로만 하면 된다
　　　　고. 그러면 널 훌륭한 가수로 만들어주지. 이
　　　　카페를 벗어나게 해주지.


# 95  강변의 야외 무대 (밤)


　　휘황찬란한 조명, 울긋불긋한 서치라이트, 흩날리는 깃발
들, 하늘엔 헬리콥터, 도로엔 줄지어 선 방송국의 중계차, 수
없이 많은 열광적인 관중들, 돌아가는 거대한 카메라들, 한

강 백사장의 모래알만큼이나 많은 관중들, 열광, 열광, 열광.
  노래하는 옹호자.
  울부짖는 소녀들.


# 96  한강변 언덕

  역시 늦은 밤. 한강변 그 자리. 자전거. 두 사람 모두 헬
멧을 쓰고 있다. 낮은 목소리로 휘파람을 부는 비자비스.


줄리엣   요즘 비자비스 씨의 노래가 약해졌어요.
비자비스   그냥, 피곤해서 그래요.
줄리엣   카페에 가보면 여사장 옆에 껌처럼 붙어 있는
         남자가 있는데 그자는 무얼 하는 사람이죠?
비자비스   여사장과 함께 일하는 컴퓨터 프로그래머예요.
         컴퓨터를 이용해 온갖 나쁜 짓을 일삼는 사람이
         에요. 순전히 재미로. 국방부를 망쳐놓았다는,
         신문에 난 해커가 바로 그 사람이에요. 그는 또
         거리의 순진한 아이들을 유혹해 음란물을 만들
         고 있어요. 증거는 없지만.
줄리엣   그는 왜 그런 일을 하죠?
비자비스   그는 그런 일을, 그냥 엘리사처럼 즐겨요. 돈이
         필요해서가 아니에요. 그는 즐거움만을 위해서
         그런 일을 해요. 세상 사람들이 혼란에 빠지기
         를 원하는 거예요. 악마가 그러하듯이.

줄리엣  악마가 자신의 이름을 바꾸는 것은 가장 교활한
      계교 중의 하나죠. 신은 '내가 곧 그다.(I am He
      who is.)'라고 말했죠. 그러나 진실을 모방하고
      왜곡하려는 악마는 우리에게 '나는 아무도 아니
      다.(I am nobody.)'라고 말하죠. 나아가 우리들에
      게 '너는 무엇을 두려워하는가? 너는 존재하지
      도 않는 것 앞에서 왜 두려움에 떠는가?'라고
      묻죠. 그리고 나서 악마는 자신의 성공을 기뻐
      하는 거예요. 악마의 승리는 곧 그의 이름을 바
      꾸는 거죠. 악마가 존재하고 행동하고 또 성공
      하고 있다는 가장 큰 증거는 지성적인 이 세상
      이 이제는 더 이상 그의 존재를 믿지 않는다는
      거예요.
비자비스  ……그그렇군요.
 줄리엣  우리는 악마를 물리쳐야 해요. 악마는 그 혼자
      뿐이 아니에요. 그 여자도 같은 부류예요.
비자비스  ……난 줄리엣 씨가 무슨 말을 하는지 잘 모르
      겠어요.


# 97  어느 방 안


  대학생처럼 보이는 한 남자가 인터넷을 서핑하고 있다.
방 안은 온통 어둡고 모니터만 환하다. 그 불빛 때문에 남
자의 얼굴이 괴기스럽게 보인다. 마우스를 쥐고 있는 손. 옹

호자의 노래를 듣고 있다. 남자의 얼굴에는 심각, 홍분, 전율, 기쁨, 결단의 분위기가 감돌고 있다.

　　주먹을 불끈 쥔다.


## # 98 지하철 1호선 시청역 플랫폼

　　퇴근 무렵. 서류 봉투를 옆구리에 낀 회사원, 예쁜 옷을 입은 여자들, 아이의 손을 잡은 엄마, 시골에서 올라온 할머니, 실업자, 개를 안은 아가씨, 가방을 메고 힘차게 걷는 학생들.

　　전철이 들어오는 소리. 전철은 빠르게 달리다가 정지선에 부드럽고 정확하게 멈춘다. 사람들이 문 앞에 도열한다. 문이 열리고 사람들이 내린다. 순간 펑 하는 소리와 함께 무언가가 터진다. 자욱한 흰 연기. 비명, 고함 소리.

　　쓰러지는 사람들. 달리는 구둣발 소리, 넘어지고 쓰러지면서 무릎으로 기어 연기를 헤치고 나오는 사람들, 흰 연기, 고함, 구토, 쓰러진 사람 위에 연거푸 쓰러지는 사람들. 그들이 토해 놓는 토사물들, 눈물, 콧물. 온통 혼란의 도가니다.


## # 99 동물 병원

　　줄리엣이 굳은 표정으로 인터넷 신문을 열람한다.

오늘의 사건과 사고

한 남자가 지하철에 독가스를 살포했다더라. 사망이 세 명이요 중상은 마흔 명에 달한다더라, 물경 두 시간 동안이나 전철이 운행 중단되었고요. 범인은 병역필한 스물네 살의 애국심이 충만한 대학생이라더라. 오호, 애닮구려! 그는 인터넷 사이버 가수 옹호자의 노래를 듣고 그의 노래 가사를 따라 실천했다고 경찰관에서 진술했다더라. 그의 노래를 듣는 순간 왠지 모르게 그 일을 하고 싶었다고 떳떳이 말했다더라.

경찰관이 그의 정신 감정을 의뢰하였으니 속속들이 밝혀지겠지요, 나아가 우리 경찰관은 인터넷 사이버 가수 옹호자의 범법 여부를 조사하기 시작했으나 옹호자 측에서는 강력 반발한다더라. 또한 인터넷과 PC 통신에서는 옹호자를 수사하려는 경찰관에 대한 항의가 빗발친다더라. 여기 경찰관을 비난하는 네티즌의 본보기 글이 있지요.

한 네티즌(ID ZiRal): 그 남자가 그러한 행위를 한 것은 명백한 잘못이지요. 그러나 그가 옹호자의 노래를 듣고 그런 행동을 했다 하여 옹호자를 살인 사주 혐의로 수사하는 것은 어불성설이지요. 도스토예프스키의 소설을 읽은 사람이 살인을 했다 하여 도스토예프스키를 살인 사주 혐의로 체포하는 것이나 똑같지요. 잘못은 그 남자에게 있지요. 경찰관은 이성을 찾기 바라지요.

#100 줄리엣의 오피스텔 (밤)


머리를 옆으로 맞댄 줄리엣과 비자비스가 컴퓨터 게임을 하고 있다. 블라인드가 드리워진 창밖에는 비가 내린다. 줄리엣은 약간 우쭐거리는 몸짓으로 비자비스를 이기고 싶어 한다. 비자비스는 '아하, 세상에는 이렇게 재밌는 세상도 다

있구나.' 싶은 표정으로 게임에 열중이다.

노크 소리. 문을 여는 줄리엣. 한 남자가 우산을 들고 들어온다.

줄리엣  어서 오세요, 맥과이어. 기다렸어요. 비가 오나?
맥과이어  제법 내리는데.

창가로 가 커튼을 젖히고 비 내리는 풍경을 응시하는 줄리엣.

줄리엣  비가 오고 있었구나. 몰랐네. 난 비가 좋아.

어색하게 있는 비자비스. 가느다란 눈으로 비자비스의 얼굴과 차림새를 훑어보는 맥과이어.

줄리엣  호홋, 그리 신기하게 바라볼 건 없어. 가수야,
        언더그라운드. 나중에 유명한 로커가 될 거야.
맥과이어  (악수를 청하며) 난 해커입니다. 그런데 옷이 참
        특이하군요. 이런 옷은 대체 어디서 사나.

웃음, 악수, 멋쩍은 몸짓. 컴퓨터를 앞에 두고 맥과이어, 줄리엣, 비자비스의 순서로 긴 의자에 나란히 앉는 세 사람. 셋의 뒷모습을 비춘다. 남자들은 조금이라도 더 줄리엣 쪽으로 몸을 기울이려 한다. 줄리엣은 꼼짝달싹 못하고 꼿꼿한 자세를 취한다.

맥과이어  컴퓨터가 아닌 다른 일로 사람을 만나는 게 나
        의 소원이야, 뭐 영화를 보러 가자거나, 음악회
        에 가자거나, 스키를 타러 가자거나, 하다못해
        도둑질을 하러 가자고 나를 부르는 친구가 있다
        면, 나는 내 모든 것을 다 줄 테야.
줄리엣  사람들이 너를 원하고 있다는 사실 하나만으로
        도 넌 행복한 사람이야.
맥과이어  핏, 그래도 나는 이 일이 가끔 지겨워. 그런데
        내가 도와줄 일이 뭐지.
줄리엣  이곳은 내가 사는 곳이야.


파란나라 사이트가 보인다.


줄리엣  난 이 인터넷 가상 도시의 네티즌이지. 이 가상
        도시를 본 적 있어?
맥과이어  듣기는 했지만 아직 들어가 보지는 못했어. 네
        티즌들 사이에서는 꽤 유명하더라고.
줄리엣  꽤가 아니라 아주 유명해. 소리 소문 없이 퍼져
        나가 네티즌들이 가장 많이 접속하는 사이트 중
        의 하나야. 이 도시는 잘 만들어졌어. 이곳에서
        내 직업은 수의사지. C-3지구의 테크노 빌딩에
        내가 차지한 동물 병원이 있어. 봐, 저게 나야.


모니터에 흰 가운을 입은 줄리엣이 나타난다.

맥과이어   너하고 똑같다, 기술이 뛰어난데.

줄리엣   그래. 그들은 기술이 뛰어나. 현실에서와 똑같이
        난 그곳에서 동물들의 병을 고쳐주고 애완 동
        물도 팔아. 나의 멋진 동물 병원을 구경하라고.

맥과이어   병원은 멋진데, 아무리 가상 도시라 하여도 이
        런 빌딩에서 동물 병원이 잘 될까?

줄리엣   그렇지 않아. 돼지를 인공 수정시켰고 얼마 전에
        는 빌딩에 쥐 떼가 설쳐서 쥐약을 심심찮게 팔
        았어.


어리둥절한 비자비스는 고개를 갸웃거린다.


줄리엣   돈도 괜찮게 벌었어. 그 돈으로 이 빌딩의 오피
        스텔도 한 자리 차지했지. 호홋.

맥과이어   그래? 정말 흥미롭군. 프로그래머들이 이 빌딩에
        가상의 쥐를 풀어놓았을 거야. 수의사인 너를 위
        해서. (계속 고개를 갸웃거리는 비자비스) 만일 그
        런 일이 발생하지 않는다면 네가 탈퇴할 테니까.
        이 도시 이야기는 나도 진작에 들었어. 나의 관
        심 분야가 아니기에 흥미를 기울이지 않았지, 가
        상의 공간이지만 현실감이 완벽하게 느껴지는군.


맥과이어와 비자비스는 파란나라에서 줄리엣을 따라 도
시 곳곳을 구경하고 시민들을 만난다.

맥과이어  그만 걷자, 이젠 다리가 아파온다.

비자비스  정말 다리가 아파오는 느낌이 드는군요.

맥과이어  훌륭한 도시야.

 줄리엣  그래. 가장 완벽한 가상의 세계야. 또 이 도시에서
        활동하는 가수는 현실에서도 인기가 굉장해. 옹호
        자라는 가수의 노래는 현재 길보드 차트 1위야.

맥과이어  아하, 그 옹호자가 이 도시 출신이군.


        모니터에 옹호자가 등장한다. 그의 노래도 들린다.


“네가 나를 만나면 최대한 빨리 도망쳐라 도망쳐

난 피를 갈망하며 거리를 활보하는 흡혈귀

희생자를 고기 조각처럼 잘게 썰고 도끼로 머리를 난타한

다네

다음은 네가 죽을 차례

나는 사디스틱한 충동으로 도끼를 내려친다네

마구마구

네 몸은 고통으로 꿈틀거리고

얼굴의 흔적이 없어질 때까지 나는 계속해서

난도질해 엉망진창으로 만들어놓는다네

그러고는 푸줏간용의 예리한 칼로

그것을 자른다 자른다 그러고는 내장을 끄집어내

이제 남은 것은 발밑에 놓여 있는 너의 살점들 뇌수들 핏줄들”


맥과이어  난 음악을 즐겨 듣지 않아서 이 가수의 노래는

처음이야. 곡은 좋은데, 가사는 그리 권장할 만
한 내용이 아니군. 단, 사람의 마음을 끌어당기
는 힘은 충분해. 이 노래를 듣고 미워하는 사람
과 마주친다면 죽일지도 모르겠군. 신통한 힘이
있어. 그런데 사람들은 이 도시에 들어와서 무
얼 하지?

줄리엣  자기가 하고 싶어하는 일을 해. 마음껏.

맥과이어  겨우 그것만을 위해서 이 도시의 네티즌이 된단
말인가. 돈을 들이면서? 이해가 가지 않는군.
현실에서도 사람들이 조금만 노력한다면 자신
이 하고 싶은 일을 할 수 있을 텐데.

줄리엣  그러나 이루어지지 않는 일이 더 많지. 그러나
이곳에서는 자신이 마음먹은 일은 무엇이든 할
수 있어. 나는 학교에서 수의학을 배우고 동물
병원을 차렸지만, 옛날부터 돼지의 인공 수정을
해보고 싶었거든, 그런데 그걸 할 기회가 없었
어. 그런데 저번에 했어.

맥과이어  어떻게?

줄리엣  이 파란나라에서. 저기, 멀리, 버스를 타고 한참
가서, 두어 시간 갔을 거야. 비가 내려 고생이
많았지. 거기서 돼지를 인공 수정시켰어. 농부
들이 나를 도와주었지. 학교에서는 이론으로만
배웠는데, 실제 해보기는 처음이었어. 너무 좋
았어. 그래서 난 이 도시의 네티즌이 된 게 자
랑스러워. 그런데 무슨 일이든 그렇게 쉽게 이

루어지지는 않아. 여러 가지 우여곡절을 겪지.

맥과이어 그렇게 프로그램을 만들었겠지. 하여튼 사람들
이 원한다면 이 사이트는 성공할 거야. 그건 그
렇고, 내가 할 일은?

줄리엣 이 도시를 파괴해. 그리고 저 가수, 옹호자, 그
를 죽여.


고개를 홱 돌려 줄리엣를 바라보는 맥과이어. 비자비스
역시 동시에 고개를 돌려 경악하는 표정으로 줄리엣을 응시
한다.


맥과이어 으음. 그건 불가능해.

줄리엣 인터넷상에서 불가능한 일은 없어.

맥과이어 그렇기는 해. 알고 보면 인터넷은 모래성 같은 거
지. 그런데 왜, 이 도시를 파괴하려 하지. 넌 방금
이 도시의 네티즌인 게 자랑스럽다고 했잖아.

줄리엣 이 프로그램은 과학의 음모야. 이제 현대 과학
은 오늘날의 일반적 지혜를 이해하는 유일한 규
범이 되었지. 동시에 그것은 서서히 스며드는
독이 되어가고 있어. 일반 대중에게 과학적 지
식의 확실성이라는 생각을 전달하면서 점차 그
것 이외의 다른 이해 방법들을 비규범화시켰지.
과학의 신 앞에 모두가 무릎을 꿇게 된 거야.
또한 이 도시는 음모의 도시야. 난 이 도시의
네티즌이 된 지 얼마 되지 않았지만 이 도시의

정체성은 불분명해. 이 도시에는 음모가 숨어 있어. 이 도시는 인간의 정신을 황폐하게 만들고 현실을 왜곡하고 인간들 간의 연결 고리와 전통을 파괴하고 있어. 이 옹호자의 노래가 대표적인 본보기야.

맥과이어  그건 네 생각일 뿐이야. 이 도시의 네티즌들은 엄청나게 많아. 앞으로도 더욱 증가할 거야. 내가 보기에 이 도시는 완벽해. 지구상에 인류가 출현한 이래 가장 완벽한 도시 같아. 사람들은 이런 도시를 기다려왔어. 빈곤, 공해, 불결, 범죄, 마약, 폭력, 무질서, 교통 지옥, 매춘, 빈부 격차, 실업, 질병, 소음, 불합리한 주거 환경, 비인간화, 대화 단절, 실업률, 친밀감의 단절 등 현대 도시가 안고 있는 문제를 모두 해결한 것 같아. 이 도시의 네티즌들은 이 도시를 사랑하고 모두 행복해 보여. 그리고 이 가수의 노래도 나름대로 의미가 있는 것 같아. 설사 나쁘다 해도 사이버 가수 한 명이 부르는 노래 한 곡만으로 이 도시 전체를 평가할 수는 없어.

줄리엣  그것은 피상적인 모습이야. 겉으로만 그렇게 보일 뿐이야. 내가 보기에 사람들은 이 도시에 들어와서 모두, 한결같이 나쁜 짓만 해. 은행을 털고 사람을 죽이고 누드 모델이 되고 강도와 강간을 일삼고 폭탄을 장치해 사람들을 죽이고 전쟁을 일으키려 해. 히틀러가 되려 하고 스탈린이 되려 하고 크메르 루주가 되려 하고 정의로 미화된 폭력 경찰관이 되려 하고 사악한 사교의 교주가 되려 하고 건전한 질서를 뒤엎는 혁명가가 되려하고 하다못해 품행 나쁜 여고생이 되고 싶어해.

맥과이어  그건 오히려 권장할 만한 일이 아닌가. 인간은 한번쯤 나쁜 짓을 하고 싶어하는데, 실제 그 일을 못하는 사람이 이 가상의 공간에서 그런 일을 원없이 한다면 자신의 욕망을 해소하는 거잖아. 그럼 더 좋은 일이잖아. 컴퓨터에 들어가서 그러고 나면 속이 시원히 풀리겠지. 그래도 폭력죄로 체포되지는 않으니까 얼마나 좋아. 그런 일은 가상의 공간에서 일어나는 일이니까. 그는 그 일로 대리 만족을 얻고 현실의 욕구를 자제하잖아. 현실 세계에는 전혀 영향을 끼치지 않잖아. 그리고 이 사이트에 접속하는 사람은 우리 생각보다 적을 수 있어.

줄리엣  정말 그럴까? 이러한 가상의 현실에 사람들이 점차 몰입하고 만족한다면 우리에게 돌아오는 결과는 무얼까? 그러한 사상이 광범위하게 호응을 얻게 된다면, 첫째 사회 구성원의 방향 감각이 둔화되거나 상실될 거야. 무엇을 왜 해야 하는가에 대한 설정이 없으며 왜곡되는 거지. 둘째는 명쾌한 도덕적 판단이 어려워져. 자기의 느낌, 생각, 행동 등을 어떠한 기준에 의해 판단

해야 할지 모르게 되고 남의 느낌, 생각, 행동도
판단하기 어렵지. 셋째, 정당한 수단과 절차를
통해서는 성취하기 힘든 욕구가 상승하지. 이성
적 욕구는 감소되고 변질된 욕구가 범람하게 될
거야.

맥과이어 네 지적이 맞을 수도 있지만 기우에 불과해. 넌
침소봉대하고 있어. 이 사이트는 우리의 전통이
나 이성, 정서를 네가 우려하는 것만큼 크게 망
가뜨리지는 않을 거야.

줄리엣 그렇지 않아. 그들은 철저하게 사람들을 기만하
고 있어.


줄리엣이 마우스를 움켜쥐고 클릭한다.


# 101 길거리


흰 가운 차림으로 우산을 쓰고 길을 걷는 줄리엣. 추적추
적 비가 내린다. 택시가 지나가면서 바닥에 고인 물을 튕긴
다. 카메라 렌즈에 맺히는 빗방울.

줄리엣은 우산으로 물을 막는다. 사람들이 가운을 입은
그녀를 고개를 갸웃거리며 바라본다.

건물 앞에 선다. 담벼락에 포스터가 붙어 있다. 16대 대통
령 선거 포스터. 기호 1 ○○○, 기호 2 ○○○, 기호 3 ○
○○ 그리고 누구누구, 마지막으로 기호 9 한 반장. 줄리엣

은 웃음을 터뜨린다.

줄리엣  여기 보세요! 보일러실 반장님이 대통령 선거에
     출마했어요. 우훗!

포스터를 자세히 읽는다. 휘황찬란한 구호 ── '단단해요
한 반장', '준비하려는 대통령 한 반장'. 호호훗 웃음을 터뜨
리는 줄리엣. 웃음을 멈추고 고개를 돌려 건물을 살핀다. 경
찰서. 경찰서 마크가 환하다. 회전 유리문을 밀고 안으로 들
어간다. 무엇을 도와드릴까요? 안내 데스크의 제복 경찰관
에게 무어라 무어라 말하는 줄리엣. 그러나 경찰관은 거절
의 뜻으로 고개를 가로 젓는다. 경찰관의 단호한 표정. 예상
했다는 듯 고개를 돌려 카메라를 응시하는 줄리엣. 그녀의
얼굴 확대되며 장면 전환.

# 102 줄리엣의 오피스텔

세 명이 여전히 같은 자세로 앉아 있다. 맥과이어는 왼쪽
으로 몸을 기울이고 비자비스는 오른쪽으로 몸을 기울이고
줄리엣은 그들의 몸에 닿지 않으려 빳빳이 앉아 있다.

맥과이어  경찰서엔 왜 갔지?
줄리엣  수사 기록을 보러. 그런데 그들이 거절했어. 수
     사 중인 사건에 대해서는 열람이 불가능하대.

맥과이어  사건이라면 신문에 나잖아.

  줄리엣  내가 알고 싶어하는 사건은 신문에 나지 않아.
       사람들이 이 파란나라에서 얼마나 나쁜 짓을
       하는지 조사해 보려는 거야.

맥과이어  그런 기록이 경찰서에 있나?

  줄리엣  분명 있을 거야. 열람할 방법이 없지는 않아.

맥과이어  어떤 방법?

  줄리엣  경찰서 전산망에 침투하는 거야.

맥과이어  해킹을 하라는 것인데, 그것 참 난해하군. 난 해
       커를 잡는 사람인데 나한테 해킹을 하라니……
       그러나 네가 원한다면.


  맥과이어가 키보드를 부지런히 두드린다. 1시간 혹은 2시
간쯤이 지루하게 지난다.


맥과이어  어렵군. 프로그램에 빈틈이 없어. 완벽해. 거의
       신기에 가까워.

  줄리엣  세상에 빈틈없는 곳이란 없어. 모든 곳에는 빈
       틈이 있어.

맥과이어  그렇기는 하지. 잠깐…… 됐어.


  셋은 동시에 모니터에 고개를 박는다. 경찰서 전산망에
보관돼 있는 파일이 눈앞에 펼쳐진다.

# 103 파란나라 central office

　그들은 3교대로 일한다. 현재 근무조는 C조. 모두들 일사분란하게 메시지를 수신하고 그에 상응하는 메시지를 발신한다.

　네티즌의 탄생, I WANT XXX. 그들이 원하는 모습대로 그들이 원하는 곳에서 그들이 원하는 방법으로 원없이 살 수 있는 여건 조성. 사람들은 그들이 희망했던 모습으로 변해 천지사방으로 흩어진다.

　한 컴퓨터에서 삐익, 경보음이 울린다. 모든 사람들이 그곳을 바라본다. 그들의 눈에 긴장이 어린다.

　── 비상. 해커가 침입했다.


# 104 줄리엣의 오피스텔

맥과이어　시간이 없어. 곧 저들이 들이닥칠 거야. 우리를
　　　　　잡으러 사이버 경찰관을 파견하거나 우리 아이
　　　　　디를 알아낼 거야.
줄리엣　그 파일을 복사해. 빨리


# 105 파란나라 central office

　프로그래머들이 한 컴퓨터 앞에 모여 아우성친다.

──해커가 침입했다. D-3구역 경찰청. 수사 기록 보관소
다. 파란나라 네티즌이 아니다. 그를 추적하라.


# 106 줄리엣의 오피스텔

덜그럭, 위잉 소리와 함께 종이 몇 장이 프린터에서 빠져
나온다. 줄리엣은 그것을 읽어보며 흡족한 표정을 짓는다.

줄리엣  이걸 보라고. 지난 한 달간 이 가상의 도시에서
        발생한 강간 사건이야. 모두 16,500여 건이 넘
        어. 다음을 보라고.

흰 종이 위의 검은 활자가 클로즈업.

달리던 자동차 한 대가 시에서 벗어난 한적한 전원주택
앞에 우뚝 섰다. 그 대문에 집주인의 이름이 보였다. 머저리
같은 이름이었다. 집이라는 뜻의 '홈'이 그의 이름이었다. 알
렉스는 차에서 내려 친구들에게 점잖게 굴라고 지시한 다음
작은 대문을 열고 현관 앞으로 갔다. 알렉스는 점잖게 노크
했으나 아무도 나오지 않았다. 그래서 그는 좀 더 크게 노
크했다. 이번에는 누군가가 나오더니 빗장을 여는 소리가
들렸다. 현관문이 10센티미터쯤 열리는 것이었다. "누구시
죠?" 여자의 목소리였다. 그 음성으로 보아 젊은 아가씨였
다. 그래서 알렉스는 아주 세련된 어투로, 신사다운 음성으

로 말했다.

"용서해 주십쇼. 부인. 정말 미안합니다. 하지만 저는 친구와 산보하러 나왔는데 친구가 갑자기 쓰러졌습니다. 친구는 저기 길에 쓰러져 있습니다. 앰뷸런스를 부르게 전화 좀 빌려주셨으면 합니다만."

"우리 집엔 전화가 없는데요. 미안해요. 다른 집에 가보시죠."

작은 집 안에서 탁탁탁 타자기 소리가 들렸다. 타자기 소리가 멎고 "여보 무슨 일이지?" 하는 남자의 목소리가 들렸다.

"그러시다면."

알렉스가 말했다.

"물 한 컵만이라도 주시면 좋겠습니다. 친구가 기절한 것 같습니다."

여자가 주저하는 듯하더니 "기다려요."라고 말했다. 그리고 안으로 들어갔다. 그때 알렉스의 세 친구가 소리 없이 차에서 내려 가면을 쓰고 살금살금 기어 올라왔다. 알렉스도 자신의 가면을 썼다. 그런 다음 그들 넷은 고함을 지르며 집 안으로 밀고 들어갔다. 딤은 상소리를 지껄이며 늘 그러듯이 펄쩍펄쩍 뛰면서 장난질을 했다. 오두막은 조그맣지만 멋진 집이었다. 여자가 겁에 질려 웅크리고 앉아 있었다. 정말 탐스러운 가슴을 가진 예쁘고 젊은 여자였다. 여자 옆에 뿔테 안경을 쓴 젊은 남자가 있었다. 책상 위에는 타자기가 있고 종이가 여기저기 흩어져 있었다.

"무슨 짓이오. 당신들은 누구요. 감히 허락도 없이 내 집에 들어오다니?"

목소리가 내내 떨렸으며 그의 손도 떨고 있었다. 그래서 알렉스가 말했다.

"두려워 말아요. 그대 가슴에 두려움이 있거든, 즉시 몰아내요."

남자는 미친 듯이 이빨을 악물고 짐승의 앞발처럼 손톱을 내밀어 알렉스를 할퀴려고 했다. 이것은 딤에게 하나의 신호 같았다. 딤은 이빨을 드러내고 히죽거리면서 왼쪽과 오른쪽 주먹을 번갈아가면서 딱딱 떨고 있는 그 친구의 입을 두들겼다. 그러자 금세 붉디붉은 포도주 같은 피가 흘러 깨끗한 양탄자를 물들이기 시작했다. 그 사랑스러운 아내는 벽난로 옆에 서서 내내 부들부들 떨고 있었는데, 마치 딤의 주먹질에 장단이라도 맞추듯이 앙칼진 목소리로 고함을 지르기 시작했다. 그때 조지와 피트가 가면을 쓴 채 무언가를 꾸역꾸역 먹으면서 부엌에서 나왔다. 가면을 써도 음식은 얼마든지 먹을 수 있었다. 딤은 춤추듯이 뛰면서 홈을 주먹으로 갈겼다. 남자는 자신의 일생일대의 작품이 파괴되기라도 하는 것처럼 피 흘리는 입을 네모나게 벌리고 울부짖기 시작했다. 알렉스는 친구들에게 소리 질렀다.

"우적우적 씹는 것 좀 집어치워. 이 친구나 꼭 잡고 있어. 모든 걸 볼 수 있게."

알렉스의 말에 친구들은 먹던 음식을 테이블에 내려놓고 홈한테 덤벼들었다. 그 남자의 뿔테 안경은 이미 깨졌지만 아직 얼굴에 매달려 있었다. 얼굴은 온통 붉은 피로 뒤범벅되었다. 이제 다른 일을 해야지. 오 하느님 도와주소서.

딤이 여자의 두 팔을 등 뒤에서 결박했다. 여자는 여전히 악을 쓰면서 울부짖었다. 알렉스는 그 여자의 옷을 여기저기 뜯어냈다. 알렉스가 옷을 홀딱 벗고 돌진 준비를 할 때, 오 내 형제들이여, 충혈된 알렉스의 눈에 띈 것은 여자의 정말 탐스러운 젖가슴이었다. 그가 여자의 몸에 돌진할 때 홈을 고통스러운 절규와 격렬한 욕지거리를 해댔고 친구들은 환호성을 질렀다. 조지와 피트가 홈을 단단히 붙잡고 있었지만 그는 욕설을 퍼부으면서 미친 듯이 울부짖고 몸부림 쳤다. 알렉스 다음은 딤의 차례였다. 딤은 알렉스가 그 여자를 붙잡고 있는 사이 짐승처럼 고함치며 거칠게 그 짓을 했다. 그런 다음엔 차례가 바뀌어 딤과 알렉스가, 이제는 더 이상 발버둥칠 기력도 잃고 몽롱진 듯 그저 나오는 대로 아무렇게나 욕설을 지껄이고 있는 홈을 붙잡고 있고 조지와 피트가 돌아가면서 그 짓을 했다.

그러고 나자 갑자기 조용해지면서 그들은 일순간 혐오감에 사로잡혔다. 그래서 무엇이든 닥치는 대로 때려 부쉈다. 그리고 딤은 벽난로에 오줌을 누고 종이가 깔려 있는 카페트에 똥을 싸려고 했다. 알렉스가 으르렁대며 소리 질렀다.
"나가. 나가란 말이야. 이 더러운 자식."
맥과이어가 눈을 찡그린 채 고개를 옆으로 돌려 분노에 찬 표정을 짓는다. 비자비스는 손으로 입을 막고 구토가 나오는 듯 꺽꺽 소리를 낸다.


맥과이어 끔찍하군.
비자비스 궁금한 게 있어요, 강간을 당한 여자는 누구죠?
　　　　그 사람은 네티즌이 아닌, 저들이 창조한 완전

한 가상의 인물인가요?

줄리엣  그렇지 않아요. 네티즌일 거예요. 사람들은 강간
을 하고 싶어하지만, 반대로 강간을 당하고 싶
어하는 사람도 있어요.

비자비스  설마?

줄리엣  설마가 아니에요. 인간의 속마음은 아무도 예측
할 수 없는 거예요.

비자비스  그렇다면, 강간을 당하고 싶어하면, 그것이 쉽게
이루어지나요?

줄리엣  그렇게 쉽지는 않아요. 우선 강간을 하고 싶어
하는 사람이 있어야 해요. 그런 다음엔 그런 상
황을 저렇게 완벽하게 만들어주는 거예요. 수치
심이 들고, 분노가 일고, 세상을 저주할 만한 상
황을 만들어주죠.

맥과이어  대단한 기술이군.

비자비스  대단하기는 정말 대단하군요. 그렇다면 사랑도
쉽게 이루어지나요?

줄리엣  쉽지만은 않죠. 예컨대 내가 유명한 영화배우와
사랑을 하고 싶으면, 그를 선택할 수 있어요.
그러면 프로그램이 그를 만들어 보내줘요. 물론
내가 원한다고 해서 곧바로 사랑이 이루어지지
는 않죠. 만남과 이별, 배신, 아픔, 제3의 여자
등장 등 우여곡절을 겪는 프로그램이 함께 만들
어지죠. 그러나 결국은 사랑이 이루어져요.

맥과이어  훌륭해! 평소 흠모해 왔던 연인과 드라마틱한

사랑을 나눈다면 그보다 더 행복한 일이 어디에
있을까.

줄리엣   그러나 이 도시에서는 그런 낭만적이고 멋지고
숭고한 사랑은 없어. 이 기록에서도 보듯이 대
부분의 사랑은 강압적인 성행위로 끝나고 말아.
사랑의 최종 목적이 성행위인가요?

비자비스   그그그렇지 않나요?

줄리엣   Oh, No!

맥과이어   이러한 많은 범죄에 대하여 이 도시의 사법권자
는 무얼 하고 있지?

줄리엣   그들이 결코 그러한 일을 수수방관하지는 않아.
사이버 경찰관들이 범죄자들의 뒤를 추적하고
있어. 네티즌들이 사이버 경찰관일 수도 있
고…… 범죄를 저지른 네티즌들이 이 파란나라
에 있는 한 언젠가는 체포당하지. 그러나 체포
될 시점에 컴퓨터 밖으로 빠져나오면 그만이지.
설사 블랙리스트에 이름이 올라 다음에 접속하
자마자 체포된다 하여도 알고 보면 벌이란 게
아무것도 아니야. 교도소에 갇히거나 벌금을 내
면 그만이거든. 아니면 교도소에 있을 때 탈옥
하는 거야. 탈옥 프로그램을 요청하면 돼. 물론
별도의 대금을 지불해야 하지만.

맥과이어   재미있군. 아무리 생각해도 이 도시를 파괴할
이유를 찾을 수 없어. 오히려 권장할 만한 프로
그램이야. 이 도시가 꼭 낭만적이지만은 않아.

반대의 경우도 있어. 방금 침입해 보니까 A-1지
구에 고아원이 있더군. 고아원 간판을 발견하고
난 내심 놀랐지. 이 환상적인 공간에서 고아원
이라니.

　　비자비스의 얼굴이 일순 빨갛게 상기되며 표정이 일그러
진다. 손에 경련을 일으킨다.


맥과이어　난 그 고아원에 들어갔지. 공포로 떠는, 굶주린
　　　　　아이들이 맹수 같은 여자의 지휘를 받으며 마당
　　　　　의 잡초를 뽑고 있더군. 나도 고아가 되어 고픈
　　　　　배를 움켜쥐고 그들과 함께 잡초를 뽑았어. 참
　　　　　을 수 없는 갈증과 허기가 끝없었지만 손톱이
　　　　　다 망가질 때까지 풀을 뽑았어.
줄리엣　오호, 그 짧은 시간에 그게 가능했어?
맥과이어　얼마든지 가능해. 난 가난하고 안 좋은 환경에 처
　　　　　한 사람들의 상태를 뼈저리게 실감했지. 그런 경
　　　　　험을 함으로써 사회나 국가가 어떤 복지 시스템
　　　　　을 갖추어야 하는지, 인간에게 있어 삶의 의미란
　　　　　무엇인지 다시 한번 진지하게 고민하게 되더군.
줄리엣　음, 그것은 기만이야.
맥과이어　그렇지 않아. 난 정말 소중한 경험을 했어. 난
　　　　　그들을 도와야 한다는 걸 깨달았어.
줄리엣　그것은 일부일 뿐이고 단기간의 얘기일 뿐이야.
　　　　　사람들은 폭력과 성에 더 탐닉하게 돼. 사람들

은 이 프로그램에 젖어 들어가 그 무슨 일이라
도 가능하고, 아무리 나쁜 짓이라도 나쁘지 않
다고 생각하게 되는 거야. 매일 밤 여자들을 강
간하는 사람의 정신 상태가 어떻겠어. 그는 현
실에서도 그런 일이 별것 아니라고 생각하게
돼. 그러다 결국은 현실 세계에서도 그런 짓을
저지르게 되는 거야. 날 따라와.

마우스를 쥔다. 움직이는 줄리엣.
"택시!"
다가오는 롤스로이스. 올라타는 줄리엣. 음침하고 지저분
하고 소음으로 요란한 우범가의 한 카페 앞에서 내린다.
'LIVE SHOW' 네온사인 간판이 현란하게 깜박거린다. 안으
로 들어간다. 자욱한 담배 연기 속에서 많은 사람들이 술을
마시고 주먹질을 하고 부둥켜안고 키스를 하고 춤을 춘다.
무대에는 나체의 한 여자가 있다. 열예닐곱 살쯤의 소녀.
　볼록 솟은 가슴은 핸드볼 공처럼 탄탄하고 살결은 우윳
빛처럼 희고 다리는 매끈하고 엉덩이는 탱탱하다. 바늘을
살짝 대기만 해도 펑 하고 터져버릴 것 같다. 그곳에는 검
은 숲이 무성하게 자라 있다. 음악에 맞춰 리드미컬하게 춤
을 춘다. 맥과이어와 비자비스의 동공이 확대된다. 꿀꺽, 침
삼키는 소리, 침 넘기는 목울대.

맥과이어　와우! 죽이는데.
　줄리엣　물론, 죽이지. 분명 이 소녀는 실제 나이가 열대

여섯 살쯤 되었을 거야. 저 애는 어쩌면 현실에
서는 공부 잘 하고 엄마 말 잘 듣는 모범생일
거야. 그러나 이곳에서는 이 일을 해. 저 애는
여기서 오랫동안 누드걸로 일해 왔어. 언젠가는
진짜 누드걸이 될지도 몰라. 또한 인터넷을 통
해 저 애와 만나는 사람들은 이 가상의 공간에
서 반드시 성행위를 하게 될 거야. 사이버섹스
중독에 감염되는 거지.

비자비스 …….

맥과이어 나도 해볼까, 얼마면 저 여자를 살 수 있지?

줄리엣 (치를 떨면서) 저 애를 사건 말건 그건 네 자유
지만…….

맥과이어 맞아, 바로 그거야. 그것은 그 사람의 자유야.
어떤 의미에서는 상상의 자유고 양심의 자유야.
네가 저 여자와 섹스를 하든 말든, 저 소녀가
누드걸이 되든 말든 그건 내 자유 의지고 저 소
녀의 자유 의지야. 우리가 그 자유 의지를 꺾을
순 없어. 또한 한 남자가 한 여자를 보고 음탕
한 마음을 품거나 성 관계를 하는 상상을 했다
해서 그를 처벌할 수도 없고 비난할 수도 없어.
그럴 필요도 없고, 그것은 오로지 그의 자유 의
사일 뿐이야. 인간은 모든 것을 자유롭게 결정
할 권리가 있어.

줄리엣 ……그러나 파괴해야 해.

맥과이어 네 말대로라면, 인터넷에 범람하는 그 수많은

음란 사이트들은 어떻게 하지? 모두 파괴해야
하나?

줄리엣 (히스테릭한 목소리로) 난 단순한 포르노 사이트
를 말하는 게 아냐. 이 파란나라는 그런 포르노
사이트들하고는 근본적으로 달라. (거의 괴성에
가까운 목소리로) 무조건 이 파란나라는 파괴해
야 해.

맥과이어 불가능해. 실제 발생하지 않은 사건이기에 우리
실생활에 아무런 방해가 되지 않고, 너무 완벽
하고 너무 거대해. 도시의 일부분을 파괴하는
해킹은 가능하지만 그들은 금방 복구할 거야.
구태의연한 표현으로 '계란으로 바위치기'지.


# 107 동물 병원

늦은 밤 셔터를 내리기 전 어두운 창밖의 풍경을 응시하
는 줄리엣. 주위가 온통 어둡고, 으스스한 바람이 분다. 비
가 내릴 듯하다. 뱀처럼 긴 한강변의 도로와 질주하는 자동
차. 흩날리는 낙엽. 급기야 빗방울 하나가 유리창에 부딪친
다. 유리창에 어른거리는 비자비스의 모습. 그런 줄리엣을
찰리가 복도 끝에 숨어서 엿본다.

# 108 줄리엣의 오피스텔과 복도, 보일러실, 빌딩 밖

속이 환히 비치는 얇은 슬립 차림으로 컴퓨터 앞에 앉는 줄리엣. 슬립 안에 입은 연녹색 팬티가 선명하게 드러난다. 블라인드를 내린다. 비는 내리지 않는다. 방 안은 어둡고 모니터 불빛에 줄리엣의 얼굴만 동그랗게 확대된다. 충혈된 눈. 마우스를 꽉 쥐고 인터넷을 서핑한다. (마우스를 쥐는 찰리. 무언가 급한 듯 허둥댄다.)

복도 천장에는 노란 비상등만 어슴푸레 빛난다. 한 남자가 어깨를 움츠린 채 복도를 걷는다. 그의 걸음걸이는 음울하다.

(시간 경과) 컴퓨터를 끄고 침대에 눕는 줄리엣. 창을 통해 가로등 불빛이 희미하게 비친다. 방 안은 어슴푸레하다. 간혹 질주하는 자동차 소리가 쉬익, 들린다. 멍한 표정으로 천장을 바라보다 벌떡 상체를 일으키는 줄리엣. 침대 밖으로 나와 흰 원피스를 입고 원피스의 작은 주머니에 카세트를 넣는다. 이어폰을 귀에 꽂는다. 비자비스의 노래가 흘러나온다.

밖으로 나와 엘리베이터에 오른다. 엘리베이터는 지하 X층에서 멈춘다. 주차장 구석으로 간다. 오토바이 두서너 대와 자전거가 세워져 있다. 열쇠를 꺼내 자전거의 자물쇠를 연다. 핸들을 잡고 올라탄다. 희고 탱탱한 허벅지가 드러난다. 차 사이를 요리조리 지나 주차장 밖으로 나온다. 페달을 밟을 때마다 치마가 들썩거려 허벅지가 드러난다.

현관으로 나온다. 밖은 어둡다. 군데군데 노란 가로등이

켜 있고 밤하늘에 별이 드문드문 빛난다. 비는 그쳤다. 줄리
엣은 힘차게 페달을 밟는다. 어둠이 깔린 한강변의 대로를
질주한다.

커튼처럼 드리워져 있는 어둠을 헤치고 한 여자가 자전
거를 타고 달린다. 짧은 흰 치마를 입은 발랄한 모습이다.
페달을 밟을 때마다 치마가 들썩인다. 어둠 속에서 여자의
탱탱한 허벅지가 하얗게 드러난다. 여자의 모습은 슬로비디
오처럼 부자연스럽다. 긴 머리 사이로 귀에 꽂은 은빛 이어
폰이 반짝인다. 페달을 밟으면서 노래 가락에 맞춰 고개를
흔드는데 여자의 귀에 들리는 음악은 비자비스의 노래.

여자는 노래를 따라 부르며 그 노래를 부르는 가수의 무
대를 떠올린다 — 어깨까지 금발이 치렁치렁한 가수가 온
몸을 흔들면서 열정적으로 노래한다. 천장에는 온갖 종류의
현란한 조명, 붉고 푸르고 노란 조명이 빙글빙글 돌아간다.
그녀는 페달을 밟으면서 큰 목소리로 노래를 따라 부른다.
자전거가 좌우로 흔들린다. 문득, 노란 가로등 아래에서 브
레이크를 밟는다. 자전거에 앉은 채 한 발을 내려 땅을 짚
는다. 곧게 뻗은 다리가 탐스럽다. 그때 언덕 어두운 곳에서
갑자기 한 남자가 나타난다. 동물원에서 탈출한 오랑우탄
같다. 주위를 살핀다. 여자 외에 아무도 없다. 남자가 슬그
머니 다가와 여자를 덮친다. 여자는 쓰러진다.

"꺄악, 도와줘요."

자전거와 함께 쓰러진다. 쓰러지면서 치마가 훌렁 위로
올라간다. 연녹색의 앙증맞은 팬티가 노란 가로등 불빛 아
래 드러난다. 팬티의 엉덩이 부위에 작은 생쥐 한 마리가

흰색으로 수놓아져 있다. 자전거의 뒷바퀴가 제풀에 차르르 소리를 내면서 두어 바퀴 회전한다. 귀에서 이어폰이 벗겨져 나간다. 남자가 여자를 내리누른다. 그러나 여자는 의외로 힘이 세다. 남자가 너무 쉽게 생각했던 모양이다.

“개자식. 내가 그렇게 호락호락할 줄 알았니.”

여자가 주먹을 내지른다. 주먹은 남자의 턱에 명중한다. 남자가 뒤로 벌렁 나자빠진다. 여자가 벌떡 일어선다. 발을 들어 남자의 턱을 걷어찬다. 발은 정확히 남자의 턱과 턱을 싸안은 손등에 찍힌다.

“아이쿠.”

여자는 멈추지 않는다. 연거푸 발길질을 한다. 치마가 나풀거리고 그때마다 흰 허벅지가 드러난다. 분명 여자보다 힘이 더 세고 마음먹은 대로 쉽게 이루어질 거라 생각했기에 뜻밖의 저항에 맥없이 주저앉고 만다.

“까불지 마. 개자식.”


# 109 보일러실

고개를 박고 잠을 자는 찰리. 무언가 분한 일이 있는 듯, 분명 쉽게 풀리리라 예상했던 일이 어처구니 없게 풀리지 않아 화가 난 듯 씩씩거린다. 이리저리 몸을 굴리다가 베개를 주먹으로 퍽퍽 내갈긴다.

# 110 카페

　기타를 치며 열심히 노래 부르는 비자비스. 언제나처럼 진한 화장을 했는데, 턱 언저리가 왠지 부자연스럽다. 노래 역시 자연스럽지 못하다. 안절부절못하는 엘리사. '설마 저 녀석 날 배신하지는 않겠지.'

　군데군데에 앉아 있는 손님들이 입맛에 맞는 술을 기계적으로 마신다.


# 111 줄리엣의 오피스텔

　맥과이어와 줄리엣이 의자에 앉아 있다.

맥과이어　이 도시에 대해서 다른 사람들하고 토의해 봤
　　　　어. 부정적인 면과 긍정적인 면을. 그런데 긍정
　　　　적인 면의 비율이 높아. 우리가 사는 이 획일적
　　　　인 기계 만능주의 시대에 사람들에게 꿈과 환상
　　　　을 안겨준다는 것만으로도 이 프로그램은 훌륭
　　　　하다는 결론을 내렸어. 현실 세계에서 우리가
　　　　도저히 이룰 수 없는 꿈을 이 프로그램은 이루
　　　　어주잖아. 달리 보면 컴퓨터의 기능 중 가장 훌
　　　　륭한 기능일 거야.
줄리엣　그것은 꿈이 아냐. 꿈의 왜곡이야. 인간이 간직
　　　　한 진정한 꿈은 그런 식으로 이루어져서는 안

돼. 그런 식으로 꿈을 이룬다면 사람들은 장차 아무 일도 하지 않게 될 거야. 우리에게 정녕 필요한 것은 꿈을 이루기 위한 자신의 노력과 가치 있는 희생이야. 꿈은 그런 것을 바탕으로 하고, 그렇게 이루어진 것만이 진정으로 의미가 있는 거야. 이 프로그램은 사람들에게 헛된 망상을 안겨주고 있어.

맥과이어  사람들이 이 도시에서 나쁜 짓만 일삼는 것은 아냐. 시인도 있고 예술가도 있고 자원 봉사자도 있고 범죄자를 색출하는 헌신적인 경찰관도 있고 훌륭한 사상을 전파하는 철학자도 있어. 너만 해도 이 도시에서 수의사로 활동하잖아. 넌 이 빌딩에 나타난 쥐를 잡았다며.

줄리엣  그런 건 일부에 불과해. 그리고 사람들은 그런 좋은 일에는 쉽게 싫증을 느껴. 사람들은 나쁜 일에 금방 흥미를 느끼고 곧 그 일을 즐기지. 나쁜 짓을 해도 아무런 제재를 받지 않기 때문이야. 내 경험을 들려줄까. 언젠가 시장에 가는데 시장 입구에 누군가가 차를 주차해 놨더군. 주차해서는 안 되는 곳에 아주 불손한 자세로 차를 세워놨어. 많은 사람들이 짜증을 냈고 나 역시 화가 났어. 못으로 차를 확, 긁고 싶더군.

맥과이어  그런 충동은 많이 들지. 나도 그런 마음이 간혹 들어. 아니, 매일.

줄리엣  그런데, 난 그날 밤, 이 도시로 들어가서 그 자

동차를 못으로 긁어버렸어. 속이 다 후련해지더
군. 그런데 몇 시간 지나니까 후회가 되기 시작
했어. 나쁜 짓을 했다는 자책감이 들더란 말이
야. 그런데 또 몇 시간 후 잘했다는 생각이 드
는 거야. 난 두려워졌어. 내가 자꾸만 그런 행동
을 하게 된다면 난 도덕 의식을 결국 잃어버리
고 말 거야.

맥과이어  그럴 수도 있지만 넌 현실에서는 그런 일을 하
지 않았으니까 다행이야.

줄리엣  아니야. 난 곧 현실에서도 그런 일을 무의식적
으로 하게 될 거야. 이 도시는, 이 프로그램은
그런 의식을 주입시키고 있어. 아주 천천히.

맥과이어  …….

줄리엣  사람들은 이제 정보를 얻기 위한 방법으로 인터
넷을 사용하기보다는 인터넷을 이용한 물질의
만족, 즉 돈을 벌기 위해 혈안이 되어 있어. 인
터넷이 정보의 바다라는 건 죄다 거짓말이야. 잘
알다시피 가장 쉽고 빠르게 돈을 버는 방법은
거짓과 섹스를 이용하는 거야. 또 왜곡되고 있는
거야. 꿈을 이룰 수 있다는 미명하에 나쁜 사상
만 전파시키고 있어. 그리고 사람들은 점차 자신
이 하는 일이 나쁘지 않다고 생각하게 된다고.


줄리엣은 이야기를 하면서도 부지런히 마우스를 움직여 파
란나라로 들어간다. 줄리엣의 동물 병원이 모니터에 펼쳐진다.

프로그래머들이 능숙하게 마우스를 움직인다. 커다란 모니터 앞에 엘리사와 드레퓌스가 긴장된 표정으로 앉아 있다. 엘리사가 소리친다.

엘리사  들어왔어. 경찰관을 보내.


# 113 동물 병원

'쥐 퇴치 전문'이라고 쓴 안내문이 바람에 나풀거린다. 줄리엣이 허리를 굽혀 셔터 아래의 자물쇠를 연다. 셔터는 드르륵 소리를 내면서 빠르게 올라간다. 복도 끝에서 바바리 코트를 입은 한 남자가 천천히 걸어온다. 경찰관이다. 표정은 싸늘하고 동작은 절도 있다. 팔과 다리가 로봇처럼 움직인다. 유리문을 미는 줄리엣.

경찰관  잠깐만요. (목소리가 우렁우렁 울린다.)

고개를 돌리는 줄리엣.

경찰관  줄리엣 씨, 오랫만이군요.
줄리엣  (어정쩡하게 인사를 하며, 마지못해) 네…… 무슨
       일로…… 그 자살 사건은 아직 해결이 안 됐나요

경찰관  순서가 아직 그렇지 않죠. 그 사건이 아니라, 어
　　　　제 신고한 강간 사건 때문에 왔습니다.
줄리엣  ……?
경찰관  기억나지 않으십니까. 줄리엣 씨가 강간을 당했
　　　　다고 어떤 사람이 전화로 신고를 했어요.
줄리엣  ……?
경찰관  그런 일이 없으십니까?

　줄리엣의 표정이 붉으락푸르락한다. 신문을 쥔 손이 부들
부들 떨린다. 다리도 떨린다.


줄리엣  어어없어요. 아마 누군가가 장난 전화를 한 모
　　　　양이군요. 전 그그런 일 없어요. 제길, 나쁜 놈.
경찰관  정말입니까?
줄리엣  그래욧, 내 참 기막혀.


# 114 보일러실


　의기양양한 반장, 대통령 선거용 포스터를 벽에 붙인다.
우렁찬 박수, 번쩍 터지는 카메라 플래시. 많은 사람들이 모
여 있다. 모두 똑같은 제복을 입고 팔에는 전공 분야가 적
힌 완장을 차고 있다. 보일러, 수도, 전기, 경비, 방재, 주차,
소독. 그들 머리 위에는 환호, 호들갑, 움트는 흥분, 분열,
열광, 광란의 기운이 떠돌고 있다.

솟아라 위대한 신 한국.

국민은 그대를 원하지요.

여기로 오세요, 새로운 대통령이랍니다.


# 115 동물 병원


일몰 시각. 서서히 찾아드는 어두움. 쇼케이스 안쪽에 줄리엣이 서 있고 그 옆에 맥과이어가 앉아 창밖을 통해 건물 사이로 내리는 비를 바라보고 있다. 동시에 무슨 말인가를 하려고 두 사람이 서로 마주 보는 순간 유리문이 열린다. 우산을 든 남자가 들어와 강아지에게 먹일 약을 사 간다.


줄리엣 (우울한 목소리로) 어제 형사가 찾아왔더라고.
맥과이어 형사가? 왜?
줄리엣 내가 강간을 당했다고 누가 신고했다는 거야.
        푸핫, 기가 막혀.
맥과이어 강간, 정말이야?
줄리엣 넌 날 어떻게 보는 거니.
맥과이어 …….
줄리엣 그런데 이상한 것은 어제 내가 파란나라에서 밤
        에 자전거를 타고 돌아다녔거든. 한 남자가 나
        를 덮쳤어. 저기서 말이야.


몸을 돌려 어느새 어두워진 한강변의 도로를 가리킨다.

굵은 빗줄기 속을 자동차들이 빠르게 질주한다.


줄리엣    저기 언덕 보이지. 거기서 그랬어. 내가 그 남자
        를 때려눕혔지. 이상한 것은 남자가 너무 힘없
        이 꼬꾸라지는 거야. 그놈은 강간이 굉장히 쉽
        다고 생각한 것 같아. 마치 그곳에서 내가 그를
        기다리고, 그가 손을 내밀기만 하면 내가 저항
        하는 시늉을 하다가 원하는 대로 다 들어주리
        라 생각했었던 것 같아. 이상하지?
맥과이어    글쎄.
줄리엣    내가 저항하니까 당황하더라고. '어어 이게 아닌
        데, 각본하고 다르잖아.' 꼭 그렇게 생각하는 것
        같았어.
맥과이어    그 다음엔?
줄리엣    남자를 실컷 패준 다음 자전거를 타고 집으로
        돌아와 잤어.
맥과이어    그런데 경찰관이 찾아왔었단 말이지?
줄리엣    그래. 누군가가 장난 전화를 한 것 같아. 그런데
        그날 카세트를 잃어버렸어. 그때는 몰랐는데 다
        음 날 보니까 카세트가 없더라고.
맥과이어    파란나라에서 카세트를 잃어버렸다고?
줄리엣    아니. 현실에서.
맥과이어    현실에서 잃어버렸다면, 네가 밤에 자전거를 탄
        것도 현실이잖아.
줄리엣    아냐. 자전거는 파란나라에서 탔고, 카세트는 현

실에서 잃어버렸어.

맥과이어 　……?

줄리엣 　……?


멍청한 표정으로 서로 바라보는 두 사람.


줄리엣 　몰라, 모르겠어. 어떤 게 현실이고, 어떤 게 가상
인지. 내가 지금 나인지, 가상의 나인지. 네 앞
의 넌, 진짜 너겠지. 네가 진짜라면 나도 진짜일
거야.

맥과이어 　……?

줄리엣 　모르겠어, 정말 모르겠어. 어디가 현실인지.

맥과이어 　너를 강간하려 했던 그 남자. 그 남자는 분명
파란나라의 네티즌일 거야. 그는 사랑의 대상으
로 널 선택했고 네가 나타나자 그들이 널 보내
준 것으로 생각했을 거야. 널 범하려 했는데, 쉽
게 이루어지리라 생각했는데 이루어지지 않았
어. 넌, 그들이 보낸 네가 아니라 실제 너였기에
그 일이 이루어지지 못한 거야. 후후, 그 자식
열받았겠군. 복잡한 컴퓨터 게임도 아니고, 무
엇이든 원하는 대로 이루어지리라 믿었었는데
이루어지지 않아 화가 났을 거야.

줄리엣 　그렇다면 조심해야겠군.

맥과이어 　무얼?

줄리엣 　그 남자. 그 남자는 분명 내 주위에 있는 사람

일 거야. 그는 쉬울 거라고 예상했던 것이 빗나
가 몹시 분노했겠지. 꼭 나를 꼭 범하리라 단단
히 결심했을 거야. 언젠가는 날 다시 습격하겠지.


창문을 때리는 빗방울.


# 116 카페


비자비스  노래를 하겠어요. 당신들의 뜻대로 그곳에서 당
　　　　신들이 원하는 노래를 하겠어요. 대신 나의 소
　　　　망을 들어줘요.
　엘리사  당신의 소망은 뭐지?
비자비스  한 여자가 있어요.
드레퓌스  여자는 어디에나 있어. 특히 사건의 뒤에는 반
　　　　드시 있게 마련이지.
비자비스  그 여자와 사랑을 나누고 싶어요. 사랑을 이루
　　　　게 해줘요.


# 117 공연장


　끝을 가늠할 수 없는, 헤아릴 수 없이 많은 청중들이 광
야에 설치된 공연장을 가득 메우고 있다. 깃발, 플래카드,
중계차, 군중들, 애드벌룬, 만국기, 포장마차, 그로테스크하

게 치장된 무대에는 휘황한 조명. 그러나 무대는 텅 비어 있다. 그럼에도 청중들은 지치는 기색 없이 손이 부서져라 박수를 친다. 옹호자의 이름을 연호하면서 발을 구른다.

옹호자의 인기는 날로 치솟고 있다. 많은 네티즌들이 이 도시에서 가수로 활동하지만 언더그라운드 가수 중에는 단연 옹호자의 인기가 제일이다. 타의 추종을 불허한다.

오늘은 옹호자가 바야흐로 신곡을 발표하는 날이다. 신곡은 이미 매스컴을 통하여 대대적으로 집중 조명되었고 예약 판매만 백만 장 넘게 이루어졌다.

일순 무대가 어두워진다. 뒤이어 강한 스포트라이트가 무대 중앙을 비춘다. 드디어 옹호자 등장. 일동 기립. 그중에 줄리엣이 있다. 관객들은 손을 치켜들고 발을 구르고 휘파람을 불고 울며불며 괴성을 내지르고 졸도하고 꽃다발이 눈처럼 무대로 날아들고 급기야 소녀들은 팬티를 벗어 무대로 던진다.

옹호자의 노래가 울려 퍼진다.


"아무리 지혜로운 자인들 무슨 판단을 내릴까?
오직 말문이 막힐 뿐, 운명의 문은 우리 앞에 닫혀 있다네.
인간이 무엇을 탐구한들 제 자신을 찾지는 못할지니
어디서 왔는지, 어디로 가는지 알지 못한다네
미물인 우리는 괴로이 진흙에 누웠고
죽음과 운명이 조롱하며 우리를 삼키는데
헛되고 못된 이 세상 광대극 속에는
자신을 알지 못하는 바보들이 떼를 지어

그래도 행복이 어떻다 하며 떠들어대누나"

노래가 끝나자 옹호자는 바닥에 떨어진 꽃다발 하나를 집는다. 사람들의 박수를 받으며 천천히 무대 아래로 내려온다. 사람들이 환호성을 지르며 그의 주위로 몰려드나 검은 옷을 입은 경호원들이 그들을 제지한다. 둥글게 트인 공간에서 옹호자가 천천히 앞으로 걸어 나간다. 바닷물이 쩌억 갈라지듯 사람들은 옹호자에게 길을 내준다.

그녀 앞에서 멈춘다. 그녀에게 꽃을 선사한다. 떨리는 손으로 꽃을 받는 그녀. 옹호자는 그녀의 손을 잡고 무대로 올라간다. 사람들은 박자에 맞춰 박수를 친다. 음악은 빠르고 부드럽게 공연장을 울린다. 그녀는 계단 앞에서 잠깐 망설인다. 이 계단에 발을 디디면 다시는 내려올 수 없을 것 같다. 그러나 박수 소리는 거세지고 옹호자의 손길은 완강해진다.

그녀는 갈등하지만 어떤 보이지 않는 힘에 끌려 무대로 올라가고야 만다. 감미로운 음악으로 바뀐다. 무대의 현란한 조명은 꺼지고 스포트라이트가 두 사람을 비춘다. 옹호자가 그녀를 리드하면서 춤을 춘다. 그녀는 그의 스텝에 빨려 들어간다. 옹호자의 손은 천천히 그녀의 흰 가운을 벗긴다. 가운 속에는 블라우스와 짧은 치마가 있다.

가운이 바닥에 툭 떨어진다. 옹호자의 숨결이 거칠어진다. 뜨거운 숨결이 그녀의 얼굴에 닿는다. 그녀를 휘감는 진한 성욕. 옹호자는 멈추지 않고 블라우스의 단추를 풀어헤친다. 빠르게 옷이 벗겨지고 우윳빛 살결이 드러난다. 앙증맞은 빨간색 브래지어. 치마가 벗겨지고 팬티가 벗겨지고 —— 팬티는 소녀들이 벗어던진 다른 많은 팬티들 속에 섞인다 —— 브래지어가 벗겨지고, 알몸이 된다. 그녀의 몸은 탄탄하고 매끄럽고 희다. 옹호자는 자신의 옷도 벗는다. 악기들의 일제 합창과 박수와 괴성과 바람과 아우성. 옹호자는 알몸이 된다.

무대에 눕혀지는 그녀.

그녀의 등을 찌르는 꽃다발의 장미 가시.

황홀한 표정으로 가득한 그녀의 눈동자.

견딜 수 없는 행복감.

그녀 위에서 그녀를 삼킬 듯 응시하는 옹호자.

발기된 성기를 그녀의 몸속에 깊이 삽입한다.


# 118 줄리엣의 오피스텔

침대에 누워 있는 줄리엣. 번쩍 눈을 뜬다. 방 안은 어렴풋하다. 이불이 가슴께에 걸쳐 있는데 불룩 솟은 가슴이 그대로 드러난다.

줄리엣의 행복에 겨운 눈동자가 화면 가득 확대. 손을 더듬어 아래로 내려간다. 자신의 아랫도리를 더듬는다. 아무래도 개운치 않다. 손을 꺼내보니 흥건하다.

이불을 화다닥 걷는다. 알몸의 줄리엣. 한바탕 격정적인 섹스를 나눈 듯 몸은 땀투성이다. 망연한 표정을 짓는 줄리엣.

# 119 보일러실

　몹시 기분 좋은 듯 콧노래를 부르며 일하는 찰리.

　반장 (고개를 갸웃거리며) 너 똥 꿈 꿨니?


# 120 카페


　노래하는 비자비스. 기타 소리와 어울려 흐르는 비자비스의 조용한 노래. 그의 노래를 기계적으로 듣는 손님들. "이곳에 왔더니 어떤 무명 가수가 노래를 하더라."라는 듯한 표정들, "이 무명 가수의 노래를 듣기 위해 힘겹게 이곳에 왔지." 하는 사람은 아무도 없다. 손님들의 무리에 골똘한 자세로 앉아 있는 엘리사. 그녀의 표정은 독살스럽다.
　(시간 경과)
　엘리베이터에서 내리는 비자비스. 뚜벅뚜벅 걸어 줄리엣의 오피스텔 앞에 선다. 손을 들어 노크하려는 찰나.
　문 안쪽에서 줄리엣의 것인 듯한 웃음소리가 "호호홋" 하고 들려온다.
　문에 귀를 대는 비자비스.


문 안쪽의 소리 (줄리엣인 듯) 아이, 이러지 마.
문 안쪽의 소리 (맥과이어인 듯) 이러지 말라고 하면 나도
　　　　　말하지, 너야말로 이러지 마.

문 안쪽의 소리 (줄리엣인 듯) 호호홋. 누가 오면 어떻게 해.
문 안쪽의 소리 (맥과이어인 듯) 이 야심한 시간에 누가 오
　　　　　　겠어. 쉿, 누워.


　　침묵. 뒷걸음질치는 비자비스


＃ 121 카페 (며칠 후, 밤)


　　노래하는 비자비스. 침울한, 낙담한, 울고 싶은 표정으로
마지못해 노래를 부르는 듯하다.
　　손님들이 불평을 늘어놓는다.
　　어쩔 줄 모르는 드레퓌스와 엘리사.


＃ 122 카페 (그리고 또 며칠 후)


　　영업 끝난 카페의 어두운 조명 아래 엘리사와 드레퓌스,
비자비스가 앉아 있다.


엘리사 너의 인기가 시들해. 카페에 오는 사람들은 이
　　　　제 더 이상 너의 노래를 듣지 않으려 해.
비자비스 그렇지만 그건 내 잘못이 아니에요.
엘리사 넌 지금 헛된 생각을 하고 있어. 그러나 그래서
　　　　는 안 되지. 넌 가수가 꿈이라고 했잖아. 넌 지

　금 한 여자만 생각하고 있는 것 같은데, 그 여
　자는 이제 잊어. 여자에 대한 너의 소망은 이루
　었으니까, 그 여자는 네 여자가 아냐. 너는 가
　수가 되어야 해. 생각해 보라고 너의 꿈을.

비자비스 …….

　엘리사　네가 여기서 옹호자의 노래를 부른다면, 우리는
　너를 멋진 가수로 만들어줄 수 있어.

비자비스　난 그의 노래를 부를 수 없어요.

　엘리사　어째서? 옹호자가 넌데. 넌 우리 덕분에 그 여
　자와 달콤한 섹스를 즐겼잖아. 그 수의사는 옹
　호자를 미워하는 것 같아도 널 거절하지 못했
　지. 하핫. 멍청한 계집애. 네가 그 여자를 계속
　만나고 싶다면 내 말을 들어.

비자비스　그것과 이것은 다른 세상의 이야기예요. 옹호자
　의 노래는 당신들이 원했던 것 이상으로 많은
　사람들이 듣고 있어요. 파란나라의 네티즌들에
　게 옹호자는 우상이에요. 그들은 옹호자에게 열
　광해요. 왜 여기서도 부르라는 거죠.

　엘리사　인터넷을 접하는 사람보다 그것을 접하지 않는
　사람, 무시하는 사람, 외면하는 사람, 거부하는
　사람, 하고 싶어도 할 수 없는 사람이 더 많아.
　그러니까 그 노래를 많은 사람들에게 들려주어
　야 하지 않겠어? 넌 우리가 시키는 대로만 해.
　사람들은 그의 노래를 듣고 열광할 거야. 수의
　사를 계속 만나고 싶다면 노래를 하도록 해.

비자비스  당신들은 나쁜 짓을 하고 있어요. 사람들은 아
        직 당신들의 정체를 모르지만 곧 알려질 거예
        요. 당신들은 악마예요.
  엘리사  (고개를 앞으로 쑤욱 내밀어 비자비스의 눈을 빤
        히 노려보며) 악마? 신이 있다고 생각하나?
비자비스  (저항하는 몸짓으로) 그래요. 신은 존재해요.
  엘리사  그 신이 선하고 전지전능하다고 생각하나?
비자비스  그래요. 신은 선해요.
  엘리사  악이 존재한다고 생각하나?
비자비스  그래요. 악 역시 존재해요. 당신들이 그 본보기
        예요.
  엘리사  하느님이 세상을 창조했다면 그 좋은 이 세상에
        어떻게 악마가 들어왔지?
비자비스  그그건.
  엘리사  뭐 그렇게 당황할 필욘 없어. 네 말대로 신이
        전능하다면 신은 악을 물리칠 능력이 있겠군?
비자비스  당연하죠. 신은 전능해요.
  엘리사  그러나 악은 제거되지 않았어. 네 말대로 우리가
        그 본보기니까. 그렇기 때문에 신은, 전능하므로
        다소 악의가 있거나, 인자하므로 다소 무능하거
        나, 악의가 있는 동시에 무능하거나 혹은 전혀 존
        재하지 않거나, 넷 중 하나야. 내 생각엔 세 번째
        가 맞을 것 같아. 그러나 우리는 악의가 있으면서
        도 유능해. 난 너의 꿈을 실현시켜 줄 수 있어.
        나는 유능하거든.

비자비스가 무대에 오른다. 사람들의 숫자는 어제보다 줄
었다. 줄리엣과 맥과이어가 앉아 있다. 팔짱을 낀 엘리사,
도발적인 자세로 카운터에 서 있다.

맥과이어  저 가수의 얼굴도 어디서 많이 본 얼굴이야. 낯
        이 익어.
    줄리엣  분장을 해서 그럴 거야. 원래 얼굴은 못생겼을걸.
맥과이어  왜 넌 저 사람을 좋아하지.
    줄리엣  저 가수는 비록 무명이지만 노래에 대한 열정이
        있는 것 같아. 또한 작고 사랑스러운 것에 대한
        애정을 지니고 있어.

울려 퍼지는 비자비스의 노래.

"미물인 우리는 괴로이 진흙에 누웠고
죽음과 운명이 조롱하며 우리를 삼키는데
헛되고 못된 이 세상 광대극 속에는
자신을 모르는 바보들이 떼를 지어
그래도 행복이 어떻다 하며 떠들어대누나"

노래가 나오는 순간 줄리엣과 맥과이어가 상대의 얼굴을
마주 본다. 경악과 두려움, 당혹. 줄리엣의 안색이 어두워진
다. 다른 테이블의 사람들은 찬사의 박수를 보낸다. 어떤 사

람은 기립 박수를 보낸다. 흡족해하는 엘리사.

맥과이어  저 노래는.
  줄리엣 (입술을 지긋이 깨물며) 옹호자의 신곡이야.
맥과이어  왜 저 노래를 부를까?
  줄리엣 글쎄…… (서글픈 듯) 이미 나온 음악은 앞으로
         나올 음악들이 본받아야 할 모범인 동시에 교
         훈이기도 하지. 저 노래는 차라리 후자에 가까
         운 것 같아.


# 124 동물 병원 앞 복도 (아침)


  형광등 불빛이 복도를 환하게 비춘다. 셔터를 열기 위해
줄리엣이 허리를 굽히고 셔터 아래의 자물쇠에 열쇠를 꽂는
다. 복도 끝에서 줄리엣을 지켜보는 찰리. 눈이 붉게 충혈되
어 있다. 그의 손에 몽키 스패너가 들려 있다.
  줄리엣은 힘을 줘 셔터를 올리려 하나 잘 올라가지 않는
다. 찰리가 뚜벅뚜벅 다가온다. 셔터를 두 손으로 잡아 위쪽
으로 힘껏 올린다. 차르르 소리와 함께 셔터는 위로 올라간
다. 팔짱을 낀 채 발을 까딱거리는 줄리엣. 달갑지 않은 표
정. 손가락에 끼워져 있는 열쇠를 빙빙 돌린다. 문득 이 남
자가 옹호자와 생김새가 비슷하다고 생각한다. 또 비자비스
와도 비슷하다고 생각한다. 찰리는 잠을 제대로 못 잔 듯
얼굴이 부스스하게 부어 보인다.

불쑥 줄리엣 앞에 카세트를 내민다. 흠칫 놀라는 줄리엣. 찰리는 아무 말이 없다. 줄리엣은 자기 것이 아닌 듯 고개를 돌려 외면한다. 다시 찰리를 바라보고 카세트를 받는다. 반장이 복도 끝에서 고개를 쑥 내밀고 빨리 오라며 찰리를 부른다.

우스꽝스럽게 발걸음을 옮기는 찰리. 줄리엣은 그의 뒷모습을 망연히 응시한다. 문득 바닥에 있는 몽키 스패너를 발견한다. 허리를 굽혀 그것을 집어든다. 어찌할까 망설이는 줄리엣의 눈동자 클로즈업.


# 125 보일러실

반장과 찰리가 머리를 맞대고 모니터를 바라본다. 보일러 소리가 위이잉 위이잉 아주 크게 들린다.

반장 (악을 쓰며) 대통령 선거 후보 지지율이 발표됐
　　　어. 난 겨우 0.2퍼센트야.
찰리 (커다란 소리로) 당연한 거 아니에요.
반장 (더욱 큰 소리로) 말이 틀리잖아. 분명 내가 당
　　　선될 거라고 했잖아. 난 삼백억 원이나 투자했
　　　다고.
찰리 (더더욱 큰 소리로) 걱정 마세요. 그 자금은 전부
　　　회수할 거예요. 기다리세요. (마우스를 조작한다.)
반장 (기특하다는 듯 작은 소리로) 너 참 재주가 좋구

나.  넌 이 도시에서 무엇이니?
찰리  ……전 아무것도 아니에요.


## #126  카페

　　노래하는 비자비스. 그의 주홍빛 얇은 입술에서 흘러나오
는 노래는 옹호자의 노래. 사람들이 갑자기 늘어나 카페는
열기로 충만하다. 사람들은 옹호자의 노래에 깊이 매료된다.
그의 노래는 매혹적이다. 흥이 난 종업원들이 부지런히 술
과 안주를 나른다. 구석의 어두운 테이블에 맥과이어가 ──
눈치 없게스리 ── 홀로 앉아 있다. 무언가를 골똘히 생각하
며 술을 들이켠다.
　　노래를 끝낸 비자비스가 무대에서 내려와 박수를 받으며
테이블 사이를 지나간다. 맥과이어가 그를 막아선다. 놀라는
비자비스. 맥과이어는 빠르게 말한다.


맥과이어  줄리엣의 오피스텔에서 기다릴게요. 당신은 노
　　　　　래를 참, 잘하는군요.


## #127  줄리엣의 오피스텔

　　소파에 셋이 앉아 있다. 침묵에 쌓인 공간, 어두운 조명,
창밖의 스산한 바람 소리, 흩날리는 낙엽, 아늑히 흐르는 비

자비스의 노래 「소래포구에 가보자」, 탁자에 놓인 맥주병과
술잔, 커피, 컴퓨터의 모니터에는 파란나라, 옹호자의 콘서
트장, 노랫소리. 노래는 비자비스의 노래와 섞여 불협화음을
만든다.

　줄리엣의 우울한 표정, 골똘히 생각하는 맥과이어, 분노
와 반성과 비굴함과 망설임이 가득한 비자비스.


맥과이어　옹호자가 노래 부르는 스타일과 (손가락으로 비
　　　　　자비스를 가리키며) 당신의 스타일은 닮은 데가
　　　　　있어.
　줄리엣　제 생각엔 무슨 사정이 분명 있었을 거예요. 그
　　　　　렇지만 비자비스 씨가 그 노래를, 우리와 함께
　　　　　그의 정체를 논하고, 그를 비판하던 비자비스
　　　　　씨가 옹호자의 노래를 부른다는 건 이해할 수
　　　　　없어요.
맥과이어　말 못할 무슨 사정이 있었겠지. (잔을 들어 맥주
　　　　　를 마신다.)
　줄리엣　그렇겠죠. 굳이 물어보지는 않겠어요. 비자비스
　　　　　씨가 앞으로도 그 노래를 계속 부를 것인지도
　　　　　묻지 않겠어요. 그건 비자비스 씨의 자유 의사
　　　　　예요. 하지만 우리의 계획에 동의해 주기를 바
　　　　　라요. (잔을 들어 맥주를 마신다.) 우리는 파란나
　　　　　라의 일부 기능을 파괴시켜 전체를 바로잡기로
　　　　　했어요.
비자비스　……．

맥과이어   난 이 도시를 파괴하자는 줄리엣의 의견에 전적
        으로 동의하지는 않지만 일부는 동의해. 음, 우리
        가 생각한 건 당신을 다른 사이버 가수로 데뷔시
        키자는 건데. (힐끗 비자비스의 눈치를 살핀다.)
비자비스   오호, 그건 별로 좋은 방법이 아니에요. 나도 파
        란나라 네티즌이에요. 파란나라에서는 자신이
        원하는 것은 무엇이든 할 수 있어요. 내가 그곳
        의 가수로 데뷔한다면 난 옹호자를 능가하는 가
        수가 될 거예요. 하지만 그건 나의 관점에서만
        그래요. 다른 네티즌들이 보았을 때는, 아니 다
        른 네티즌은 나에게 접근하지 못해요. 예컨대
        줄리엣 씨는 줄리엣 씨의 한정된 범위에서만 수
        의사로 활동할 수 있는 거예요. 자신이 원하는
        것은 무엇이든 이룰 수 있지만 그건 죄다 망상
        에 불과해요. 그곳에는, 내 생각엔 적어도 만 명
        이 넘는 가수들이 있고 각각의 가수마다 백만
        명씩의 열렬한 팬이 있을 거예요.
줄리엣    당신은 틀렸어요. 이론적으로는 그렇지만, 다른
        사이버 가수들은 죄다 실패했어요. 파란나라에
        서는 옹호자가 단연 으뜸이에요. 처음에는 많은
        사람들이 가수로 활동했지만 다른 네티즌들이
        옹호자의 노래만 탐닉하고 있어요. 네티즌들은
        파란나라 사이버 가수들의 노래를 다 섭렵하고
        옹호자를 선택한 거예요. 프로그램상 옹호자가
        유리한 위치에 있기는 하지만 사실, 그의 노래

에는 사람의 혼을 잡아끄는 매력이 있어요.

비자비스  그렇군요. 나 역시 옹호자 외에 다른 사이버 가
수들의 노래를 듣지 못했어요. 아마 들었을지라
도 별로 흥미를 느끼지 못했고 그래서 기억하지
못했을 거예요.

줄리엣  옹호자의 노래는 주제가 뚜렷해요. (일어서 방
안을 거닌다. 맥과이어와 비자비스의 눈은 줄리엣
을 좇는다.) 그는 노래를 통해 증오, 죽음, 고통,
미움, 시기, 질투, 폭력, 범죄, 공포, 우울, 파괴,
파멸, 살해, 분열, 피해, 이탈, 악마, 사탄, 지옥,
혼돈, 분노, 타락, 종말, 강간, 기만, 불법, 사기,
협박, 잔인, 유괴, 질병, 파탄, 상실, 불안, 불능,
혼란, 억압, 왜곡, 전쟁, 몰살, 어둠, 빈곤, 무관
심, 자포자기, 피폐, 암울, 암흑, 배반, 황폐, 변
태, 횡포를 전파시켜요. 그의 주제는 딱 한 가
지, 세상에 대한 비웃음이에요. (의자에 앉는다.)

비자비스  그것을 이길 수 있는 것은, 단 한 가지.

줄리엣, 맥과이어  …….

비자비스  사랑이에요.


반짝 빛나는 줄리엣의 눈. 고개를 끄덕인다.


줄리엣  맞아요. 사랑이에요……. 그런데 당신은 파란나라
에서는 무엇이죠. 당신은 한번도 당신이 파란나
라의 네티즌이라는 사실을 말한 적이 없잖아요

비자비스 그 속에서 (망설이며) 난, 음, 대통령에 출마한
　　　　반장의 비서예요.

맥과이어, 줄리엣 (동시에) 반장 비서? 푸하핫. 그것 참 황
　　　　당하다.

　줄리엣 그런데 비자비스 씨가 어떻게 보일러실 반장을
　　　　알죠? 어떻게 그의 비서가 되었죠?

비자비스 그그건, 저번에 인터넷에서 우연히 반장의 연설
　　　　을 듣고……

　줄리엣 재미있군요. 그 연설은 나도 들었어요. 곧 선거
　　　　가 있던데. 나에게도 투표 통지서가 왔어요. 그
　　　　가 대통령이 될까요?

비자비스 아마 낙선할 거예요. 그런데 또 어쩌면 대통령
　　　　이 될지도 모르죠. 그의 관점에서만, 그의 시각,
　　　　그의 가상공간에서만. 그러나 다른 사람의 네트
　　　　워크상에서는 다른 사람이 대통령이 될 거예요.
　　　　대통령에 출마한 미치광이들은 그 사람 말고도
　　　　아마 천 명이 넘을 테지만 그들은 전부 대통령
　　　　이 되겠죠. 그러나 자신의 영역에서만 대통령이
　　　　되는 거예요.

맥과이어 그럼 어떡하지.

비자비스 방법은 하나뿐.

줄리엣, 맥과이어 어떤?

비자비스 그를 죽이면 그만이지.

줄리엣, 맥과이어 죽인다고?

비자비스 그래요. 가장 확실한 방법이죠. 사고로 위장해서

완벽하고 깨끗하게 죽이는 거예요. 아무리 강한
자라도 일단 무덤에 들어가면 보복을 꿈꿀 수
없으니 그가 더 이상 보복을 생각조차 할 수 없
을 정도로 완전히 없애버려야 해요.

맥과이어  나쁜 방법은 아니야, 그러나 그것도 문제가 있
어. 옹호자를 죽이면 그들은 살인자를 추적할
것이고, 그것은 문제가 안 되겠지만 그들은 다
시 제2의 옹호자 창조해 낼 거야. 또 다른 문제
는, 아까도 말했듯이 옹호자는 한 사람의 공간
에서만 죽게 되는 거야. 한 네티즌의 한 공간에
서만 사라지게 되는 거라고.

줄리엣  그렇군요.

비자비스  제 생각엔, 옹호자를 죽이는 일은 쉽지 않아요.
하지만 일단 그를 죽이기는 죽여야 해요. 그러
고 난 후에 모든 네티즌들에게, 그가 해킹 때문
에 죽었다고 공포하는 거예요. 그렇게 하면 그
들은 옹호자를 다시 만들어낼 수 없어요. 다른
사이버 가수를 만들어야 해요. 그것은 자신들의
가상 공간에 치명적인 결함이 있다는 것을 자인
하는 것이나 마찬가지예요. 그렇게 되면 사람들
은 이 가상 공간을 더 이상 신뢰하지 않게 되
죠. 그 기간 동안에 드레퓌스를 해커 용의자로
체포하도록 하고, 우리는 해킹을 시도하는 거예
요. 도시 곳곳에 게릴라를 보내 프로그램을 망
가뜨리는 거죠. 파란나라를 만든 프로그래머인

드레퓌스가 없다면 그 프로그램을 복구하는 데 상당한 어려움을 겪을 거예요.

맥과이어  드레퓌스라는 사람이 그 프로그램을 만들긴 했지만 그건 일부에 불과해요. 그를 능가하는 프로그래머들이 많아요.

비자비스  그러나 핵심적인 기능은 그만이 알고 있어요. 그 핵심 기능을 찾아 파괴하면 복구가 불가능해요. 드레퓌스는 엘리사가 자신을 폐기 처분하지 못하도록 핵심 기능을 혼자서만, 그의 두뇌에만 저장시켜 놓았어요. 일종의 보호 장치죠. 우린 우선 옹호자를 삭제, 즉 죽여야 돼요.

줄리엣  그래, (박수를 치며, 맥과이어를 바라본다.) 그래서 우리는 네가 필요한 거야. 너는 훌륭한 프로그래머니까 모든 사람의 컴퓨터에서 옹호자를 동시에 죽일 수 있을 거야.

맥과이어  그것도 좋은 방법이군. 단 한번만 죽임으로써 파란나라 네트워크에 연결된 모든 사람의 컴퓨터에서 그가 죽었다는 것을 알려주는 거지. 그렇다면 그를 어떻게 죽이지? 저들이 옹호자를 철저히 보호하고 있기 때문에 쉽게 우리 뜻을 이룰 수는 없을 거야. 음, 음. 좋은 수가 있다. 우선 킬러를 한 명 침투시키자고.

줄리엣  킬러? (그런 방법이 통할까?)

# 128 파란나라 central office

　붉게 충혈된 눈으로 컴퓨터를 응시하는 드레퓌스. 나직이 중얼거린다.


드레퓌스　흐흐. 정체를 알 수 없는 녀석을 침투시켰군. 누
　　　　　굴까. 우리의 계획을 방해하려는 자는. 이 자를
　　　　　삭제할까요?
엘리사　그냥 놔둬. 무슨 짓을 하는지 보자고. 실력이 만
　　　　　만치 않군.


# 129 줄리엣의 오피스텔


맥과이어　저 킬러를 무엇으로 위장하지, 청소부가 좋을
　　　　　것 같아.
줄리엣　겨우?
맥과이어　청소부는 숭고한 직업이야. 이 도시에선 모두가
　　　　　나쁜 짓만 하려 하는데 청소부를 하겠다고 나서
　　　　　는 건 모범이 될 만해.
줄리엣　아무리 그래도 청소부는 안 돼.
비자비스　보일러공을 시키세요.
줄리엣　(기겁을 하며) 보일러공은 절대 안 돼!
맥과이어　보일러공, 그거 좋다. 네 병원이 있는 빌딩의 보
　　　　　일러공으로 등록하는 거야. 너와 가까이서 생활

하면 우리의 프로젝트를 진행시키기도 좋잖아.

줄리엣　안 돼. 으으 그 자식.

맥과이어　그 자식이라니?

줄리엣　이 빌딩에 진짜 보일러공이 있어. 젊은 앤데, 그
냥 주는 것 없이 꼴 보기 싫은 애야. 정말 웃기
지도 않아. 근데 지난번에 그 카세트를 가지고
왔더라고. 못생긴 주제에.

비자비스　(얼굴을 일그러뜨리며) 카세트를 잃어버리셨나
요?

줄리엣　아아아니에요. 하여튼 보일러공은 안 돼.

맥과이어　잔소리 마. 보일러공으로 해. 원래 킬러들은 평
범한 직업을 가지고 있어. 보일러공이나 목수나
청소부나 그런 것들. 킬러로서 그의 이름은 자
칼이야.


# 130 파란나라 central office


엘리사　새로운 네티즌 중에 보일러공이 한 명 끼어 있
군. 저 자가 수상해. 우리 빌딩에도 보일러공이
있지. 그 멍청한 자식, 저 자를 밀착 감시토록
해. 우리 요원을 붙여 철저히 감시하도록!


(시간 경과) 엘리사가 보고서를 주의 깊게 읽고 있다.

┌─────────────────────────────────────────┐
│              K의 행적 보고서              │
│                                           │
│  200X년 X월 X일                           │
│                                           │
│    오늘 오후 2시부터 5시까지 왜출. 기계 부속을 사러 나감. 빌  │
│  딩 앞 횡단보도 건너편의 신호등이 빨간색일 때 그 신호등을 보  │
│  고 갑자기 긴장된 표정을 지음. 파란색으로 바뀌는데도 나무처  │
│  럼 그 자리에 붙박히는 바람에 길을 건너지 못함. 다시 빨강색  │
│  으로 바뀌자 신호등을 향해 심각하게 고개를 끄덕이고 손짓, 발  │
│  짓을 함. 정상인의 행동으로 보기는 어려움. 사람들이 이상한 눈  │
│  초리로 쳐다봄.                            │
│    어떤 사람이 신호등 빨간불 안에 숨어 자신에게 매새지를 전  │
│  달하고 있다고 생각하는 듯한 행동이었슴.  │
└─────────────────────────────────────────┘

    보고서를 책상으로 던지며 혼잣말로 중얼거리는 엘리사
  "보일러공이 조정 망상 증세를 보이고 있어, 불쌍한 자식."


# 131 줄리엣의 오피스텔

    맥과이어가 키보드를 두드린다.


맥과이어  우리가 검토해야 할 중요한 사안이 있어. 킬러
         가 임무를 완수하고 사이버 경찰관들에게 체포
         되지 않기 위해서는 그들이 오기 전에 컴퓨터를
         빠져나오면 그만이야. 전원을 끄면 돼. 이 방법
         은 치사하긴 하지만 다른 네티즌들도 많이 사용

하는 방법이지. 그런데 문제는 옹호자를 제거하
는 일이 그렇게 간단하냐는 것이야. 쉽지 않아.
만일 제거하는 일이 불가능하다면, 두 번째 방
법을 찾아야 해. 두 번째 방법은, 내 생각으론,
그의 자살이야. 그러나 이것 역시 아직은 불가
능해.

줄리엣　…….

맥과이어　또 다른 문제는 드레퓌스의 제거야. 드레퓌스를
체포하기에는 증거가 불충분해……. 그런데 궁
금한 게 하나 있어. (줄리엣를 바라보며) 넌 이
도시를 왜 파괴하려 하지. 내가 보기에 이 가상
의 도시는 전혀 해가 없는 것은 아니지만 여타
포르노 사이트에 비해선 비교적 건전해. 굳이
파괴해야 할 이유는 없다고 생각해.

줄리엣　난 파괴하자고는 안 했어. 파괴시킬 수도 없고.
이 세계는 훌륭한 시스템이기는 하지만 악의 세
계야. 만약 이 세계가 최선의 것이 아니고 이보
다 양호한 세계의 창조가 가능했다면 이것은 절
대로서의 신이 그 양호한 세계가 어떤 곳인지
알지 못하거나 아니면 이것을 알면서도 창조해
낼 만한 능력이 없었거나 (어리둥절해하는 맥과
이어) 아니면 어떤 이유에서건 그런 세계를 원
치 않았기 때문이야. 내가 원한 것은 경고야, 경
고. 우리는 그들에게 경고를 줄 필요가 있어. 그
대상은 옹호자라는 말이야. 그는 나쁜 노래를

부르고 있잖아. 이 사이트는 성만을 위한 포르
노 사이트보다 더 나빠. 여기에 대한 토론은 이
제 그만 하자고.

맥과이어 (마지못해) 그렇기는 해. 좋은 방법이 없을까?
그가 사고로 죽거나 자살하는 방법이 최고인데,
자살은 불가능하단 말이야……. 사람들이 많이
모인 곳에서 총으로 쏘아 죽이는 게 가장 확실
한 방법인데. 혹시 이 빌딩 옥상에 발칸포가 있
을까?

줄리엣 발칸포? 그래! 서울의 큰 빌딩 옥상에 대포가 있
다는 소문은 옛날부터 있었어. 그런 이야기를 듣
기는 했지만, 정말 빌딩 옥상에 대포가 있을까?

맥과이어 있을 거야. 그걸 확인하기는 쉽지 않아. 일반인
들의 옥상 출입은 금지되어 있거든. 이 빌딩 관
계자라면 올라갈 수 있을 텐데. 너 보일러공을
안다고 했지?

줄리엣 알기는 하지만, 아는 체하기는 싫어, 짜증나는
녀석이야.

맥과이어 괜찮아. 한번만 접근하면 되니까.

줄리엣 그 녀석이 저번에 흘리고 간 몽키 스패너가 아
직 나에게 있기는 해. 그런데 대포가 있다면 어
떻게 하려고.

맥과이어 그걸 사용하는 거야. 발칸포로 신나게 쏘아 죽이
는 거지. 파란나라에 들어가서 굳이 무기를 살
필요는 없어. 기왕에 설치된 무기를 사용하는 게

더 편리하지. 저들의 관심망에 들지도 않고.

줄리엣  오호! 그래! 그것 참 좋은 방법이다. 너는 이제
야 나의 입장을 이해하는구나.

맥과이어  이해라기보다는, 음 나의 실력을 한번 테스트해
보자는 거지.

줄리엣  (조금 실망하며) 그렇구나.


# 132 빌딩 지하의 보일러실

계단을 내려가는 줄리엣. 예쁜 원피스를 입었다. 머리는
부드럽게 나풀거리고 얼굴은 장미처럼 매혹적이다. 그러나
그 피부 밑에는 심란한 기색이 도사리고 있다. 오른손에는
몽키 스패너가 들려 있다. 보일러실 앞에서 망설이다 몽키
스패너로 문을 쿵쿵 두드린다. 아무런 반응이 없자 철문에
귀를 댄다.

위잉.

문을 빠끔히 열고 안으로 들어서는 줄리엣, 기웃거린다.
이리저리 뻗어나간 파이프들, 게이지, 연소관, 밸브, 기름통,
스위치, 윙윙거리는 소리, 기름 냄새, 퀴퀴한 냄새. 얼굴을
찌푸리고 코를 벌름거린다. 형광등 불빛이 비치는 곳에서
소리가 들린다. 그쪽으로 천천히 걸어간다. 벽에 붙은 가수
의 커다란 포스터. 자석에 끌리듯 줄리엣은 포스터 쪽으로
다가가다 문득 찰리를 발견한다. 저 멀리 의자에 앉아 있는
찰리의 처량한 뒷모습. 그 궁상스러운 모습에 몸을 부르르

떠는 줄리엣. 큰기침을 한번 한다. 뒤로 돌아보는 찰리.

　당황하는 찰리.

　무언가를 황급히 손으로 가리는 찰리.

　손을 들어 입을 훔치는 찰리.

　다가가는 줄리엣.


　줄리엣　(억지로 웃는 표정으로) 무얼 하시죠?

　　찰리　아아…… 그러니까…….

　줄리엣　점심을 먹고 있었군요.


　찰리가 앉았던 탁자에 라면을 담은 냄비가 놓여 있다. 작은 금색 냄비, 단무지 그릇, 김치가 담긴 플라스틱 통.


　줄리엣　식사 중이셨군요. 미안해요.

　　찰리　아아아니에요.


　황급히 뚜껑을 닫는 찰리. 줄리엣이 그에게 몽키 스패너를 건넨다.


　줄리엣　저번에 이걸 놓고 갔었죠. 늦게 가져와서 미안해요.

　　찰리　(두 손으로 공손히 받으며) 아아아니에요. 고고맙
　　　　습니다.

　줄리엣　그런데 그때 카세트는 어디서 발견했죠?

　　찰리　비빌딩 입구 잔디밭에 떨어져 있었어요.

　줄리엣　어떻게 제 것인 줄 알았죠?

찰리  저번에 우우연히 봤어요.


  줄리엣은 고개를 돌려 포스터를 바라본다. 찰리 역시 포
스터를 바라본다. 포스터 옆에 헬멧이 걸려 있다. 줄리엣의
눈동자가 둥그렇게 커진다. 고개를 갸웃하는 줄리엣. 무늬가
낯이 익다. 손을 뻗어 헬멧을 만지려다 허공에서 멈춘다.


줄리엣  오토바이를 타시나 보죠.
  찰리  아, 그그게.
줄리엣  오토바일 봤어요. 멋있더군요.


어찌할 바를 모르는 찰리. 연신 손으로 입을 훔친다.


줄리엣  (보일러실 여기저기를 기웃거리며) 매일 이곳에
        만 계시나요?
  찰리  아아닙니다. (절대 그렇지 않다는 듯이) 여기저기
        도돌아다녀요.
줄리엣  아, 그렇군요. 음, 어딜 다니시죠?
  찰리  1층부터, 아니, 지하 X층부터 지상 XX층까
        지…….
줄리엣  호홋, 그렇군요. 좋으시겠네요. 이 빌딩 전부를
        내 집처럼 드나들다니. 그럼 옥상에도 가시나요?
  찰리  그그러믄요. 거긴 자주 가요.
줄리엣  어멋, 정말 좋으시겠네요. 와우! 빌딩 꼭대기에
        올라가 아래를 내려다보면 얼마나 좋을까. 야호,

소리를 지르면 얼마나 통쾌할까, 나도 한번 가봤
으면.

　찰리　그그건 어렵지 않아요. 저저저저저랑 함께 가면
돼요.

줄리엣　(박수를 치며) 어멋, 정말이에요? 전 당장 가보
고 싶어요.

　찰리　그그러죠.

줄리엣　식사는 어떻게 하시고.

　찰리　다 했습니다. 다.


# #133 복도 ── 옥상

엘리베이터에 오르는 찰리와 줄리엣.

딩동! 소리와 함께 내리는 찰리와 줄리엣.

옥상으로 오르는 계단에 발을 딛는 찰리. 그 뒤를 따르는
줄리엣.

두꺼운 철문에 열쇠를 꽂는 찰리. 문의 중앙에 '출입금지'
안내문이 붙어 있다.


　찰리　여긴 일반인 출입 금지예요. (자랑스럽게) 몇 명
만 출입할 수 있어요.

줄리엣　출입문은 여기 한 군데인가요?

　찰리　반대편에도 하나가 더 있어요.

줄리엣　그렇구나.

찰리가 힘껏 밀자 활짝 열리는 문. 갑자기 들이치는 빗방울.

줄리엣 (화들짝 놀라며) 어마, 비가 내리나 봐요. 전 비
    를 좋아해요.
  찰리 (그 모습에 얼이 빠져) 그그러네요. 저저도 비를
    좋아해요.

옥상의 가장자리 난간으로 걸어가는 찰리와 줄리엣. 난간
에 기대 저 멀리 널따랗게 펼쳐진 지상의 풍경을 응시하는
두 사람. 가늘게 떨어지는 빗방울. 탁 트인 시야가 거칠 것
없이 뻗어 있다.

줄리엣 아아 정말 이런 기분 처음이야. (고개를 돌려)
    저것은 뭐죠?
  찰리 저것은…… (속삭이듯이) 대포예요. 발칸포.
줄리엣 어멋, 무서워. (무서워하는 시늉을 하며) 왜 여기
    에 대포가 있죠?
  찰리 (씩씩하게) 적기가 날아들면, 격추시키려고.


# 134 줄리엣의 오피스텔

두 남자와 한 여자가 소파에 앉아 이야기를 나눈다.

줄리엣 정말 끔찍했어.

232

맥과이어  무엇이?

  줄리엣  보일러실에 갔던 일. 보일러공을 만나러 가는
         일도 끔찍했고.


     일그러지는 비자비스의 얼굴.


  줄리엣  옥상에 올라간 것도 끔찍했어. 음, 그런데 그렇
         게 높은 데서 아래를 내려다보는 건 너무 좋았
         어, 그래서 난 정말 몸서리쳐지게 끔찍했어.
  맥과이어  옥상에 발칸포가 있다는 사실을 확인했으니까
         다행이야. 우리의 보일러공 자칼이 발칸포 진지
         에 침투해 그 포를 작동하면 돼.
  줄리엣  멍청한 보일러공이 발칸포를 작동할 수 있을까?


     일그러지는 비자비스의 얼굴.


  맥과이어  괜찮아. 그 일은 어렵지 않아. 그 포의 성능은 아
         주 뛰어나거든. 조작법은 어렵지 않을 거야. 그
         냥 방아쇠를 당기면 되니까. 그럼 금빛 총알이
         모래처럼 날아가지. 날아가는 비행기를 맞추는
         무기니까 지상의 사람쯤이야 아무것도 아니야.
         남산에서 옹호자의 공연이 열리는 날 저격하면
         돼. 그냥 드르륵 갈기면 돼. 설마 그것도 못할까.
  줄리엣  (박수를 짝짝 치며) 그래, 너무 좋겠다. 옹호자,
         너는 이제 죽었다.

# 135 카페.


카운터에 앉아 인터넷 신문을 열람하는 엘리사.


오늘의 사건과 사고

　서울 도심의 빌딩 옥상에 배치된 발칸포에서 17발의 실탄이 발사되는 어처구니없는 사고가 발생했습니다. 다행히 인명 피해는 없었으나 포탄 파편이 주택가에 떨어져 차량 일부가 파손됐죠.
　7일 오전 9시 53분쯤 서울의 한 빌딩 옥상에 배치된 육군 수방사 소속 대공 진지에서 20mm 발칸포 오발 사고가 발생, 17발의 포탄이 남산 쪽으로 발사됐습니다. 이 포탄은 직경 20mm, 길이 16.5cm 크기로, 발사된 지 1.3초 후까지 목표물에 맞지 않으면 공중 폭발하도록 설계돼 있죠.
　육군 관계자는 "육군 정비 업무 전담 운영관이 업무를 충분히 숙지하지 못한 상태에서 장비 조작 실수를 빚어 사고가 일어난 것으로 보인다."며 "정확한 사고 원인을 조사하고 있다."고 말했습니다. 아울러 "발칸포는 저공 침투하는 적의 항공기를 격추시키는 것이 주임무이기 때문에 인명 사고 확률은 거의 없다."고 덧붙였죠. 육군은 월 1회 전 화포에 대해 월간 정비를 실시하고 있으며, 이날 사고는 12가지 정비 항목 중 사격 기능 점검 과정에서 일어난 것으로 전해졌습니다.


신문을 넘기며 피식 웃는 엘리사.


엘리사  바보들. 좀 똑똑한 놈을 침투시켜야지.

시무룩한 표정으로 소파에 앉아 있는 두 남자와 한 여자.

맥과이어  실패야, 완전히.
줄리엣  바보 같은 놈. 그것도 못하다니.


일그러지는 비자비스의 얼굴.


맥과이어  그래도 포기할 순 없어. 컴퓨터 범죄 수사대에
드레퓌스의 범죄 사실을 제공하는 일부터 시작
하자고. 그리고 자칼에게 다시 한번 임무를 주
도록 하자고. 그를 A-2지구의 슬럼 가로 보내.
무기 밀매상에게 총을 사도록 해야겠어.
줄리엣  그건 안 돼. 저들이 눈치 챌 거야. 그리고 자칼
은 보일러공일 뿐인데 그는 너무 멍청해.
맥과이어  멍청해도 총을 사는 것쯤이야 할 수 있겠지. 슬
럼 가에서 무기를 사는 것은 네티즌끼리만 가능
해. 운영자는 알지 못해. 그렇지만 안전을 위해
서 내가 침투해야겠군. 내가 총을 사서 자칼에
게 보내도록 하지. 아니 그에게 직접 보내는 것
은 위험해. 내가 총을 사서 너에게 (줄리엣을 가
리키며) 건네주도록 하지. 네가 자칼에게 건네
줘. 내가 후에 날짜를 정할 테니까 그날 그 시
각에, 음, 이 빌딩 옥상으로 와.

줄리엣  오케이.

비자비스  …….


# 137  어떤 극비의 장소


　많은 사람들이 기다란 대형 테이블에 앉아 있다. 연단에
선 경찰관이 그간의 수사 결과를 보고한다.

　"확실한 물증은 확보하지 못했지만 국방부에 침입한 해
커는 X라는 거대한 조직체입니다. 그들은 합법적인 회사를
세워 인터넷 사이트를 개설하여 사업을 하고 있으며, 사람
들에게 나쁜 사상을 전파하고 있습니다."


많은 사람들 중의 1  그들이 누군데?

　경찰관  그건 아직 밝힐 수 없습니다.


　여기저기서 웅성거린다.


많은 사람들 중의 2  그런 행위가 법에 저촉이 되나?


# 138  동물 병원


맥과이어  저들의 대처 능력은 뛰어나. 옹호자를 성공적으
　　　　로 제거하기 위해서는 우선 이 도시를 혼란에

빠뜨릴 필요가 있어. 저들의 대처 능력을 다시
한번 테스트해 보자고. 우리의 자칼을 위해서.

줄리엣  오케이. 도시에 쥐 떼를 보내면 어떨까.

맥과이어  좋은 방법이야. 넌 쥐를 좋아하는구나.


# #139 도시 곳곳 —— 빌딩, 유흥가, 학교, 공원, 지하철, 관공서들


쏟아지는 비.

갑자기 나타나는 쥐 떼들. 쥐는 엄청나게 많다. 꼬리에
불이 붙은 쥐들은 필사적으로 도시 전역을 달린다. 쥐의 뱃
속에는 폭탄이 내장되어 있다.

질주하는 자동차 바퀴 밑에 깔려 죽는 쥐. 쥐가 죽으면서
꽝, 소리와 함께 폭탄이 터진다. 함께 폭발하는 자동차, 사
람, 빌딩, 지하철.

도시 곳곳이 만신창이가 돼 순식간에 폐허로 변한다.


# #140 파란나라 central office


심각한 표정의 엘리사, 드레퓌스, 프로그래머들.


엘리사  개 같으니라고. 테러리스트들이 도시에 잠입했
어. 프로그램이 엉망이 돼버렸잖아. 당장 그 자
를 추적해서 죽여버렷!

# 141 카페

　노래를 부르기 전 기타 줄을 퉁겨보는 비자비스. 기타의
고음과 저음이 지지징 울려 퍼진다. 옆에 선 엘리사가 거만
한 자세로 팔짱을 낀 채 냉소적인 눈빛으로 바라본다.

엘리사　노래 실력이 많이 늘었어. 곧 옹호자가 새로운
　　　　곡을 발표할 거야. 그 곡을 부르도록 해.
비자비스　난 더 이상 옹호자의 노래를 부르지 않겠어요.
　　　　그리고 난 사라질 거예요. 난 이 카페의 가수도
　　　　옹호자도 아니에요.
엘리사　그건 불가능해. 잔말 말고 노래나 해.
비자비스　사람이 사라질 자유도 없나요.


# 142 보일러실

　일하고 있는 찰리와 반장. 찰리는 시무룩한 표정으로 파
이프의 나사를 조이고 반장은 일지에 무언가를 기록한다.
잘 되지 않는 듯 낑낑대는 찰리. 그런 찰리를 쯧쯧, 혀를 차
며 바라보는 반장.

반장　이 멍청아. 그건 그렇게 하는 게 아냐. 넌 그것
　　　도 모르니, 맹추같이.

표정이 일그러지는 찰리. 전화벨이 울린다.


반장  네, 네. 지금 가죠.


아무 말없이 밖으로 나가는 반장. 몽키 스패너를 바닥에 놓고 반장이 앉아 있던 의자에 앉는 찰리. "멍청이"라는 말이 메아리처럼 울린다. 분노와 좌절감, 비참함. 땀을 닦는다. 문득 일지로 시선을 돌린다. 들여다보고 눈이 휘둥그레진다.
일지에는 하루도 빠짐없이 찰리의 행동이 기록되어 있다. 고개를 갸웃거리는 찰리. 몽키 스패너를 들고 일어나 밖으로 나와 엘리베이터에 오른다.


# 143 옥상


옥상의 난간에 기대 지상의 풍경을 하염없이 바라보는 찰리. 그 옆에 놓여 있는 몽키 스패너.


# 144 카페


오늘은 비자비스가 출연하는 날인데 그는 오지 않는다. 안절부절못하는 엘리사는 씩씩거린다. 끝내 오지 않는 비자비스. 사람들의 항의에 사과하는 엘리사.

#145 동물 병원

　복도는 어두침침하다. 줄리엣이 셔터를 내리기 위해 복도
로 나온다. 복도 저편에서 한 남자가 걸어온다. 고개를 돌려
그를 바라보는 줄리엣. 눈이 휘둥그레진다. 그는 옹호자다.
셔터를 내리다 말고 비명을 내지른다. 남자가 뛰어온다. 줄
리엣은 다리 힘이 풀리면서 주저앉는다. 남자는 옹호자가
아니라 비자비스다. 줄리엣을 일으켜 세운다.


비자비스　놀라게 해드려 미안합니다.
　줄리엣　아니에요. 내가 잘못 봤어요. 전 옹호자인 줄 알
　　　　　았어요.
비자비스　일은 다 끝났나요?
　줄리엣　네. 비자비스 씬 오늘 카페에서 노래하는 날 아
　　　　　닌가요?
비자비스　가지 않기로 했어요. 더 이상 그의 노래를 부르
　　　　　지 않기로 했어요.
　줄리엣　잘 생각하셨군요. 전 비자비스 씨가 사랑, 아아
　　　　　니, 자랑스러워요.


#146 주차장

　자전거를 타는 두 사람. 줄리엣은 헬멧을 쓰고 있다. 자
전거는 주차장을 벗어나 어두운 도로를 신나게 달린다. 군

데군데 가로등이 빛나고 자동차들이 달린다. 페달을 멈추는
비자비스. 자전거에서 내리는 두 사람. 천천히 걸어 언덕 아
래로 내려간다. 잔디밭에 나란히 앉는다. 비자비스가 줄리엣
의 헬멧을 벗긴다. 초롱초롱 빛나는 줄리엣의 눈.
　그 눈을 뚫어져라 바라보며.


비자비스　당신의 눈은 별보다 더 아름답군요.
　줄리엣　고마워요.
비자비스　당신의 눈을 들여다보고 있으면 난 파도치는 바
　　　　　다에 가고 싶어요.
　줄리엣　고마워요. 전 바다보다는 바다 한가운데 있는
　　　　　섬에 가고 싶어요.
비자비스　바다도 그렇지만……, 전 섬 역시 한번도 가본
　　　　　적이 없어요.
　줄리엣　연안 부두에서 배를 타고 40분만 가면 무의도라
　　　　　는 섬이 있어요. 걸어서 1시간이면 원래 위치로
　　　　　돌아올 수 있는 곳이에요. 햇빛에 모래는 반짝
　　　　　이고 바다는 파랗고 게들이 무진장 많고 바위
　　　　　에는 굴이 다닥다닥 붙어 있어요. 모래사장 바
　　　　　로 앞에 방갈로가 있는데 하루저녁…… 자는
　　　　　데 삼만 원. 방갈로는 아담하고, 밤이면 파도가
　　　　　머리맡까지 왔다가 거품만 남기고 물러가죠. 소
　　　　　나무도 푸르고 조개도 무척 많아요.
비자비스　그곳에 가고 싶어요. 밤엔 손을 꼭 잡고 별빛
　　　　　아래 노래를 부르며 모래밭을 거닐 수 있겠죠.

그런 곳에서 키스를 하면 어떨까요?

줄리엣 어멋. 키스요. 아이 난 몰라. 어떻게 키스를. 그
래도 뭐 굳이 원한다면 뭐. 호호홋.


키스하는 비자비스.


# 147 경찰서 조사실

경찰관 (상대를 제압하려는 표정으로) 오랫동안 나는 보
일러공 자살 사건을 조사해 왔고, 그 외 몇 가
지 살인 사건을 추적했어. 내가 알아낸 여러 가
지 사실 중의 하나, 당신은 줄리엣의 언니더군.

엘리사 (태연한 표정으로) 그래요. 난 줄리엣의 언니예
요. 그것이 어떻다는 거예요?

경찰관 당신 자매는 두뇌가 뛰어나 어렸을 때부터 학업
성적도 좋았더군. 왜 서로 경쟁하게 됐지? 한
남자를 두고 다투었나?

엘리사 나는 그런 상투적인 설정을 지극히 경멸해요.
그리고 그건 당신이 관여할 바가 아니에요. 그
리고 줄리엣은 나의 경쟁 상대가 못돼요. 걔는
어리석어요. 돌대가리라고요.

경찰관 줄리엣도 그렇게 말할까? 당신이 운영하는 인터
넷 회사에는 고객이 제법 많더군.

엘리사 (태연한 표정으로) 그것이 어떻다는 거죠?

경찰관  반장은 내게 거짓말을 했어. 그는 당신의 하수
        인이더군. 대통령에 출마한 사람이 어떻게 그런
        행동을 하지. 찰리의 일거수일투족을 감시해서
        당신에게 보고했지.

엘리사  (약간 놀라며) 정치가는 다 그래요. 그것이 또
        어떻다는 거죠?

경찰관  국방부 사이트에 침입한 해커가 우리와 아주 가
        까운 곳에 있다는 정보를 입수했어. 노인을 폭
        행하고 가정주부를 집단 강간하고 수의사를 강
        간하려 한 녀석도 우리와 아주 가까운 곳에 있
        다는 정보를 입수했지. 중요한 것은 지하철 살
        인자도 우리 주위에 가까이 있다는 거야. 우리
        는 포위망을 좁혀 들어가고 있지.

엘리사  (다시 태연한 표정으로) 그것이 어떻다는 거예
        요? 당신들이 잘못 짚은 게 있어요. 가정주부와
        수의사를 강간한 건 우리가 아니에요.

경찰관  그래? 그럼, 지하철에서 살인을 저지른 사람은
        당신들인가? 하여튼 경찰관이 곧 그를 체포할
        거야. 혹 그 사람과 어떤 관계는 없겠지? 경찰
        관은 그리 호락호락하지 않아. 비상한 두뇌를
        지닌 컴퓨터 프로그래머들은 당신이 생각하는
        것보다 훨씬 많아.

엘리사  그 용의자와 난 아무 관계가 없어요.


엘리사의 비웃는 표정이 스크린 가득 클로즈업된다.

엘리사가 분노에 찬 표정으로 앉아 있다. 사무실 어디에
선가 보일러 소리가 난다. 엘리사 옆에 드레퓌스가 불안한
표정으로 서 있다.


엘리사  파괴된 지역은 복구가 완료되었나?

드레퓌스  아직, 80퍼센트 정도 진척이 되고 있습니다.

엘리사  멍청하긴. 경찰관이 널 추적하고 있어. 그들이
    너의 정체를 파악했어.

드레퓌스  (떨리는 목소리로) 즈증거는 없을 거예요.

엘리사  내 생각엔 줄리엣의 오피스텔에 드나드는 그 남
    자가 수상해.

드레퓌스  (약간 떨리는 목소리로) 그렇습니다. 그 녀석은
    맥과이어라는 놈입니다.

엘리사  두뇌가 비상한 놈이야. 그를 조사해 신상명세를
    내게 보고해. 그리고 넌 당분간 로그아웃해.

드레퓌스  (안도의 한숨을 내쉬며) 그러죠.

엘리사  어제 비자비스가 카페에 오지 않았어.

드레퓌스  알고 있습니다.

엘리사  그가 동물 병원의 그 멍청한 계집애와, 맥과이
    어란 녀석과 어울리면서 우리 계획을 망치려고
    해. 주제를 모르는 녀석들이야. 비자비스를 오
    라고 해. 지금 당장.

드레퓌스  네.

핸드폰을 꺼내는 드레퓌스. 사무실 구석에서 프로그래머
두 명이 낮은 목소리로 이야기를 나눈다.


"보일러가 고장 났나 봐."
"며칠 전부터 쉭쉭거리더니만."
"보일러공을 부르지."


수화기를 드는 직원.


# 149 동물 병원


손님에게 무언가를 건네주고 돈을 받는 줄리엣. 전화벨이
예사롭지 않게 울린다.


전화 소리(맥과이어)  지금 옥상으로 올라가. 그곳에 무기를
            숨겨놨어. 그것을 자칼에게 전해 줘.
  줄리엣  지금? 오케이. 알았어. 아, 그런데 옥상의 문은
            잠겨 있어. 난 열쇠가 없어.
전화 소리(맥과이어)  걱정 마. 옥상으로 나가는 문에 '출입
            금지'라는 안내문이 붙어 있어. 그걸 떼어내면
            뒤에 열쇠가 있어. 내가 어제 파란나라에 침투
            해 열쇠를 복제해 왔어.
  줄리엣  오케이.

커다란 몽키 스패너를 들고 엘리베이터에 오르는 찰리. 엘리베이터는 스르르 올라가다가 딩동 소리와 함께 멈춘다. 줄리엣이 올라탄다. 찰리를 보고 흠칫 놀라는, 더러운 것을 보았다는 듯, 재수가 없다는 듯한 표정. 문이 닫힌다. 입을 실룩이는 찰리.

무슨 말을 할 듯하다가 잠자코 구석으로 가는 찰리. 천장을 바라본다. 앞만 응시하는 줄리엣. 눈을 흘긋 돌려 옆을 바라본다. 거울이 있다. 맞은편 벽에도 거울이 있다. 이쪽 거울 속에 줄리엣이 있고 저쪽 거울 속에도 줄리엣이 있다. 거울 안에 거울이 있고 그 거울 안에 또 거울이 있고…… 거울은 끝이 없다. 그 안에 줄리엣이 있고 또 줄리엣이 있고 또 줄리엣이 있다……. 줄리엣은 끝이 없다.

줄리엣은 문득 거울 속의 줄리엣이 진짜인지 그 거울을 바라보는 자신이 진짜인지 혼동스럽다. 우리가 사는 이 세계가 현실인지 혹 가상의 공간에 들어와 있는 것은 아닌지. 문득 딩동 소리가 들린다. 줄리엣의 생각은 멈춘다. 문이 열린다.

찰리가 내린다. 거울을 스쳐 지나가면서 짧은 순간 양쪽 거울에 그의 모습이 수십 개 수백 개 끝없이 비친다. 줄리엣은 다시 혼동을 느낀다. 문이 닫히려는 찰나, 줄리엣은 찰리가 킬러 '자칼'임을 떠올린다. 이곳은 현실이 아닌 파란나라다. 이곳은 가상의 공간이다. 한 뼘쯤 남은 엘리베이터 문의 틈새로 줄리엣은 다급하게 소리친다.

"자칼. 넌 네 임무를 잊어서는 안 돼."

찰리는 문득 그 자리에 우뚝 선다. 줄리엣의 말이 머릿속에서 윙윙 댄다. '이곳은 현실이 아니다. 이곳은 파란나라다. 나는 보일러공이 아니라 보일러공으로 위장한 킬러다. 나는 옹호자를 죽여야 한다. 아니면 그가 자살하도록 만들어야 한다. 지금 이 시각 수없이 많은 네티즌들은 숨을 죽인 채 자칼을 주시하고 있다. 자칼의 임무는 무엇인가?' 고개를 숙이고 비틀비틀 걸어 파란나라 사무실 문을 미는 찰리.


# 151 옥상


옥상에 올라 주위를 살피는 줄리엣. 자신은 아직 파란나라에 있다. 맥과이어가 이곳에서 무기를 건네주기로 했는데 그는 아직 접속하지 않았다. 옥상 가장자리에 무언가가 떨어져 있다. 천천히 그곳으로 간다. 몽키 스패너다. 그것을 집어들고 줄리엣은 고개를 갸웃거린다.

'이걸로 옹호자를 때려 죽이라는 뜻인가?

힘껏 휘둘러본다. 휙, 바람 가르는 소리. 머리를 정통으로 때리면 죽을 수도 있겠다. 총으로 탕, 쏘는 것보다 이걸로 때려 죽이는 게 더 통쾌할 수 있겠다. 피를 분수처럼 쏟아내면서 쓰러지겠지. 공연장 무대에 바람같이 뛰어올라 이걸로 머리를 내려치면 피가 사방으로, 분수같이 솟겠지. 모든 사람들이 그의 죽음을 목격하겠지.'

이 몽키 스패너를 보일러공에게 전해 주자. 일반인이 이

물건을 소지하면 의심받을 수도 있으나 보일러공이 이 물건
을 소지하면 예사롭게 생각할 것이다. 맥과이어의 작전은
적절하다. 손에 들고 엘리베이터에 오른다.


# 152 파란나라 central office


엘리사와 드레퓌스, 찰리가 원탁에 앉아 이야기를 나눈다.
프로그래머 몇 명이 소곤소곤 이야기를 나눈다. 보일러에서
는 여전히 소리가 난다.


엘리사  경찰관이 로그인했었어.

드레퓌스  누군가 우리를 밀고했어. 그리고 우리의 파란나
　　　　 라를 엉망으로 만들었어.

찰리  …….

드레퓌스  줄리엣의 오피스텔에 쥐새끼처럼 드나드는 그
　　　　 남자는 누구지?

찰리  난 몰라요.

드레퓌스  컴퓨터 전문가지. 그렇지만 내 실력을 능가할
　　　　 수는 없어. 난 우리나라 최고의 프로그램 전문
　　　　 가이고 해킹 전문가야.

엘리사  넌 노래를 하고 싶지? 넌 정말 가수가 되고 싶
　　　　 지? 넌 그 보일러실을 탈출하고 싶지? 넌 비자비
　　　　 스가 아닌 진짜 가수가 되고 싶지? 넌 수의사와
　　　　 사랑을 나누고 싶지? 그렇다면 내 말을 들어.

그들과 조금 떨어진 곳의 테이블.

프로그래머 1 저기 사장님하고 앉아서 이야기하는 게 보
　　　　　일러공 아닌가?
프로그래머 2 그렇군. 전화는 우리가 했는데 왜 사장하고
　　　　　얘길 하지?
프로그래머 1 그러게 말이야.


　다시 엘리사, 찰리, 드레퓌스의 대화


엘리사 곧 우리의 옹호자는 세계를 정복할 수 있어.
　찰리 그건 과대망상이에요.
엘리사 과대망상이 아냐. 옹호자는 너야. 그들이 옹호자
　　　를 죽이려 하겠지만 그는 죽지 않아. 너희들이
　　　수상한 녀석 한 명을 이 도시에 침투시켰다는
　　　걸 우리는 알고 있어. 그 녀석은 보일러공이지.
　　　그 보일러공이 너라는 것도 알고 있어. 즉, 네가
　　　너를 죽이려 하는 거야. 그게 가능할까? 옹호자
　　　는 불사신이야. 흐흐. 자살이라면 혹 모를까. 그
　　　러나 옹호자는 넌데 넌 자살할 수 있니? 어림도
　　　없을걸. 넌 죽을 용기도 없잖아. 인간 천성에 뿌
　　　리박힌 이기주의를 극복한다는 것은 결코 불가
　　　능한 일이야. 바람직한 것도 아니고. 인간이 타
　　　인을 위해 희생할 수 있다는 생각은 우습기 짝
　　　이 없는 거야. 그리고 우리는 네 행동을 죄다

알고 있어.

드레퓌스 줄리엣을 위해 빌딩에 쥐를 풀어놓은 것도 너
지. 그러나 그건 너 혼자 한 일이 아니야. 우리
가 함께한 일인 셈이지. 파란나라의 프로그램이
그렇게 만든 거야. 그 언젠가의 밤에 줄리엣이
자전거를 타고 나간 날, 넌 어디 있었지? 그 여
자를 따라가더군. 그 여자를 강간하려 했었지.
네 뜻대로 이루어졌나? 흐흣. 어림도 없지. 넌
줄리엣을 강간하지 못했어. 파란나라의 프로그
램이 그걸 허락하지 않았기 때문이야. 발칸포로
옹호자를 죽이려 했지만 그것도 실패했어. 멍청
한 보일러공이 발칸포를 조작할 수 있을까. 흐
흐, 안 돼지 안 돼, 넌 현실과 가상을 혼동하고
있어. 세상은 그렇게 호락호락하지 않아. 그렇
지만 이 파란나라에서는 가능하지. 파란나라는
네 꿈을 다 이루어줄 수 있다고. 넌 옹호자가
되어 줄리엣과 섹스를 나누었잖아. 네 꿈을 이
룬 거라고. 우리의 프로그램 덕분에.

찰리 그건 헛된 꿈이에요. 나쁜 꿈.

엘리사 나쁜 꿈이 아냐. 빌딩에 쥐를 풀어놓은 사람이
너라는 사실을 알면 경비 반장이 가만있을까?
넌 그날로 해고야. 그렇다면 넌 갈 데나 있니?
넌 고아잖아. 그 음산하고 치가 떨리는 고아원
을 떠올려봐. 자신을 강간하려 한 남자가 너라
는 사실을 알면 줄리엣은 어떤 표정을 지을까,

옹호자가 너라는 사실을 알면 어떤 표정을 지을
까. 흐흐, 볼 만하겠군. 맥과이어라는 녀석은 가
증스러워. 넌 그 녀석의 정체를 모르지. 그는 오
로지 자신의 컴퓨터 능력을 테스트하기 위해서
이 일에 뛰어든 거야. 사명? 웃기는 말이야. 그
는 해킹 전문가야. 오로지 타인의 프로그램을
망치는 일을 취미로 하는 작자라고. 자신의 욕심
을 채우기 위해 우리 프로그램을 망치고 있다고.
　찰리　(벌떡 일어서며) 거짓말! 당신들은 악마야.
드레퓌스　까불지 말고 앉아!


　두 손으로 찰리의 어깨를 강하게 내리누른다. 비틀거리는
찰리, 그러나 찰리는 그 팔을 뿌리치고 주먹을 들어 드레퓌
스의 턱을 갈긴다.
　갑자기 날아오는 주먹을 맞고 쓰러지는 드레퓌스.
　놀라 의자에서 튕기듯 일어서는 저편의 프로그래머들.
　날카로운 비명을 내지르는 엘리사.
　흥분되고 격앙된 찰리, 구둣발로 드레퓌스를 힘껏 걷어찬다.
　뒤로 벌렁 나자빠지는 드레퓌스.
　찰리는 책상 위에 있는 키보드, 전화기, 마우스 따위를 들
어 내던진다.
　또 몽키 스패너를 들어 컴퓨터를 내려친다.
　꽝, 소리와 함께 컴퓨터는 부서지고, 모니터는 지직 소리
를 내기 시작한다.
　그를 향해 뛰어오는 프로그래머들.

두 손으로 머리를 감싸고 날아오는 물건들을 피하는 드
레퓌스.

손을 뻗어 찰리의 뺨을 때리는 엘리사.

일어서는 드레퓌스.

다시 주먹을 들어 찰리를 강타하자 쓰러지는 찰리.

키보드를 들어 찰리를 내려치는 드레퓌스.

마구 뒤엉키는 엘리사와 프로그래머들.

코피가 터지는 찰리.

고함을 내지르는 드레퓌스와 프로그래머들.

엉겁결에 마우스를 들어 찰리에게 내려치는 드레퓌스.


# 153 같은 층의 복도

진한 회색의 정비공 옷을 입은 찰리가 헐레벌떡, 좌충우
돌, 쓰러질 듯 비틀비틀, 그러나 넘어지지 않으려 발버둥치
며 복도를 허겁지겁 뛴다. 숨을 거칠게 내쉬며 분노에 찬
표정을 짓는다.

그 오른손에는 팔뚝만큼이나 커다란 빨간색 몽키 스패너
가 들려 있다. 성화 봉송 주자처럼 몽키 스패너를 허공에
치켜들고 뛰어오고 있다.

복도는 정갈하고 길다. 왼편은 전부 깨끗한 갈색 유리창.
안에서는 밖이 보이지만 밖에서는 안이 보이지 않는 유리창
은 사람의 키만큼 크다. 비가 올 듯 하늘은 칙칙하게 찌푸
려 있다. 찰리는 뭔가 다급한 표정이다. 분노가 서려 있고

누군가에게 얻어터진 듯한 얼굴이다. 입이 불룩하다. 입에 무언가가 물려 있는데 무엇인지 확실하지 않다.

찰리의 뒤로 드레퓌스와 엘리사가 쫓아오고 몇 발자국 뒤에서 줄리엣이 찰리를 쫓아 뛰어온다. 사람들이 비켜서면서 뛰어가는 그들을 신기하다는 듯한 표정으로 바라본다. 엘리사의 손끝은 무언가를 잡으려는 듯 허공을 긋는다. 손톱의 붉은 매니큐어. 줄리엣의 손에는 빨간색의 무언가가 들려 있다. 그녀 역시 찰리와 마찬가지로 성화 봉송 주자처럼 그것을 들고 뛰어온다. 엄숙하고 근엄한 표정이다.

그들은 이구동성으로 소리쳐 찰리를 부른다. 드레퓌스와 엘리사의 목소리는 다급하고, 줄리엣 역시 다급하지만 애정과 연민이 깔린 듯한 목소리다. 팔을 내두르며 허위허위 뛰어오다 찰리가 황급히 뒤를 돌아보고 — 절망, 자포자기, 그러나 어떤 비장미가 섞여 있다 — 갑자기 몸을 돌려 순식간에 번개처럼 창으로 돌진해 유리창을 깨고 뛰어내린다. 유리 깨지는 요란한 소리. 거미줄처럼 금이 간 커다란 유리창. 유리의 삐죽삐죽한 모습 클로즈업.

그러나 유리는 깨지지 않았다. 유리는 두껍다. 유리에 튕겨 뒤로 벌렁 나자빠지는 찰리. 밖에는 비가 내린다. 유리의 바깥 면에 빗방울이 동그랗게 맺혀 아래로 미끄러진다. 찰리는 주저앉아서 입을 쩍 벌린다. 겨우 이런 유리에게조차 무시를 당하다니. 두 여자와 한 남자가 자신을 향해 기관차처럼 뛰어온다.

용수철처럼 일어서 커다란 몽키 스패너를 들고 투원반 선수처럼 원을 그리면서 힘껏 유리를 내려친다. 꽝, 빌딩이 흔들리는 것 같은 울림. 빠지직, 유리에 부딪치는 소리. 그러나 멀쩡하다. 치솟는 분노. 다시 한번 몽키 스패너를 들어 온 힘을 다해 내려친다. 와장창 소리와 함께 유리가 깨진다. 유리에 난 금이 거미줄처럼 퍼져나간다. 몽키 스패너를 복도에 팽개친다.

찰리를 뒤쫓던 세 사람이 동시에 손을 뻗어 찰리의 목덜미를 잡으려는 순간, 찰리는 으아아아 괴성을 내지르면서 창밖으로 뛰어내린다. 뛰어내리는 찰리의 뒷모습. 으아아아, 비명 소리가 허공에 울려 퍼진다.

잿빛 아스팔트에 널브러지는 찰리. 황급히 뛰던 발걸음을 멈추고 깨진 유리창 가에 모여드는 엘리사와 드레퓌스와 줄리엣. 그들의 뒷모습이 보인다. 줄리엣의 손에 들린 작은 몽키 스패너가 스르르 빠져나와 바닥에 툭 떨어진다. 찰리가 두고 간 커다란 몽키 스패너 옆에 떨어진다.

길을 지나던 행인들은 느닷없이 하늘에서 떨어진 남자와, 그 남자가 내지른 비명과, 유리창 깨지는 소름끼치는 소리와, 눈발처럼 날리는 유리 조각과, 예고 없이 쏟아지는 비에 경악한다. 그들은 이미 시체로 변한 찰리 주위에 조심스레 다가든다. 산산조각 난 유리가 사방에 눈처럼 깔려 있다. 사람들이 모여들면서 유리를 밟으면, 유리에서는 소름끼치는 소리가 난다.

찰리는 널브러져 있다. 두 다리와 두 팔은 본체에서 떨어져나간 부속품처럼 잿빛 도로 위에 아무렇게나 놓여 있다. 여름날, 아이들에게 패대기당한 개구리처럼 뻗어 있다. 그 등 위로 비가 쏟아진다. 애인과 함께 걷던 건들거리는 한 남자가 천천히 손을 내밀어 찰리를 건드려본다.


　　여자 만지지 마. 죽었잖아. 시체는 함부로 손대면 안
　　　　돼. 현장을 잘 보존해야 해. 나중에 경찰서에서
　　　　오라 가라 하면.
　　남자 괜찮아. 아직 살았을 수도 있잖아. 걱정 마. 내
　　　　가 누군데.


　어깨에 손을 대려는 순간, 띠랄랄라——어디선가 핸드폰
이 울린다. 주춤, 손이 멈춘다. 자신의 주머니를 뒤적이는
남자. 주위의 사람들 모두 자신의 핸드폰을 들여다본다. 여
전히 울리는 핸드폰 소리.
　사람들은 각자 주머니를 뒤적이다가 죽은 찰리에게서 나
는 소리임을 깨닫는다. 그들의 민망한 표정들.


　　남자 제길, 죽은 사람한테 웬 전화람.


　남자가 시체를 뒤집는다. 여전히 울리는 핸드폰 소리. 뒤
집어보는 순간 비명을 내지른다. 주위 사람들 모두 동시에
비명을 내지른다.
　찰리의 얼굴이 스크린 가득 확대된다. 여전히 울리는 핸
드폰 소리. 얼굴에 번진 붉은 피, 찢어진 옷. 입에 무언가가
물려 있다. 그것은 컴퓨터의 마우스다. 마우스가 찰리의 입
에 반쯤 박혀 있다. 가느다란 흰 선이 끊겨 길게 늘어져 있
다. 불룩한 입과 마우스, 클로즈업.

# 154 보일러실

어슴푸레한 보일러실 구석.

전화기를 앞에 두고 수화기를 귀에 대고 있는 반장. 담배
연기를 길게 내뿜는다.

반장　아니 얘가 도대체 어딜 간 거야. 전화도 안 받
　　　고. 모처럼 연락할 일이 생겨 걸었더니만 그것
　　　도 불통이네그려.


# 155 테크노 빌딩 앞

저녁 6시경. 어둠이 깔리고 노란 가로등이 외로이 빛난다.
드레퓌스가 주위를 두리번거리며 빌딩의 현관에서 걸어 나
온다. 승용차 한 대가 미끄러지듯 다가온다. 사람들은 분주
히 그리고 설레는 얼굴로 어딘가를 향해 걷고 있다. 그러나
드레퓌스는 초조하고 다급하다. 승용차 뒷문을 연다.

그때 저편에서 검은 선글라스를 낀 한 남자가 절제된 걸
음걸이로 드레퓌스에게 다가온다. 그의 얼굴은 창백하고 입
술은 얇고 강직하다. 드레퓌스의 어깨를 짚는다. 와이셔츠
커프스 단추가 네온사인에 반짝인다.

경찰관　드레퓌스, 당신을 해커 및 폭력, 살인 및 살인
　　　사주, 강간 및 강간 사주 용의자로 체포한다.

당신은 묵비권을 행사할 권리가 있으며 변호사
를 선임할 권리가 있으며, 묵비권은 법정에서
불리하게 작용될 수 있으며…….


황황한 표정으로 고개를 숙이는 드레퓌스. 그의 팔에 은색
수갑이 채워진다. 수갑은 불빛에 차갑게 빛난다. 경찰관이 선
글라스를 벗는다. 소름끼치게 비명을 내지르는 드레퓌스.


드레퓌스   으악, 안 돼, 너넌 내가 만든 사이버 경찰관, 으
          악, 안 돼, 이건 가짜야, 빨리 컴퓨터를 꺼, 빨리
          끄라고, 여보세요, (지나가는 남자를 붙잡는다.)
          도와주세요, 이 사람은 가짜예요. 이 사람은 사
          람이 아니라고요, 내가 만든 사이버 경찰관이야,
          말도 안 돼, 으악, 누가 빨리 컴퓨터 좀 꺼줘요.


# 156 파란나라 central office


엘리사가 차가운 미소를 지으며 빌딩 아래를 응시하고
있다. 책상 위에 철망이 있고 철망 안에는 여윈 모르모트가
있다. 핏줄이 선 분홍의 가느다란 모르모트 다리, 모르모트
는 제 다리가 부서질 듯 바퀴를 돌린다. 끝없이…….
   엘리사, 날카롭게 외친다.


엘리사   컴퓨터를 끄지 마. 절대 그걸 꺼선 안 돼. 인터

넷은 계속되어야 해, 비트의 세계는 계속되어야
해, 네트워크는 계속 되어야 한다고.

뒷편에서 한 남자가 그림자처럼 다가온다. 엘리사가 그에
게 천천히 말한다.

엘리사  바보 같은 녀석. 현실과 가상도 구별 못하다니.
       이젠 파란나라를 종료시켜야 될 것 같아. 이 사
       이트는 이제 상업성이 없어. 옹호자도 자살했
       고. 사람들도 더 이상 흥미를 느끼지 않아. 좀
       더 새롭고 경이적이고 쇼킹하고 자극적이고 엽
       기적이고 파괴적이고 하드코어적인 것을 만들
       어야 해. 알았지?
  남자  네.

엘리사가 고개를 돌려 남자를 바라보고 살포시, 웃음 짓
는다.
남자는 음흉한 미소를 짓는다. 그는 맥과이어다.

검은 화면에 'THE END' 자막, 천천히 올라오면서 영화는
끝난다.

쓸쓸하고 어두운 우주를 떠돌다가 하필 내가 떨어진 곳이 지구별이다. 아무래도 잘못 착륙했다. 좀 더 멀리 날아 안드로메다 성운이나 카시오페이아 같은, 사람이 닿을 수 없는 별에 떨어져 하나의 의미 없는 돌이 되었더라면 얼마나 행복했을까, 하는 생각을 사무치게 해본다.

설령 지구별이 나의 본향이라 할지라도 한 그루의 나무, 하나의 바위가 되었더라면 나는 만족했을 것이다. 한 마리의 개미나 한 마리의 나방이 되어 짧은 삶을 살았을지라도 나는 족했을 것이다.


1997년 '오늘의 작가상'을 받은 이후 세 번째 작품이다. 모순으로 차곡차곡 쌓여진 이 세상에 또 하나의 모순을 슬그머니 얹어놓은 것 같아, 우선 나 자신에게 미안하다. 그리고 이 책을 읽어야만 할 독자들에게 미안하다.

비가 내리는 목요일, 아파트에 선 알뜰 장터에 낡은 우산을 쓰고 천천히 간다. 천막의 끝에 생선 장수가 있다. 흰 스티로폼 박스에 이름을 모르는 많은 물고기들이 맑은 눈동자로, 비린내를 풍기며 누워들 있는데, 젊은 사내의 팔뚝은 인정이 없다. 시퍼렇게 날이 선 칼로 물고기들의 대가리를 내리친다.

땅바닥으로 굴러 떨어지는 물고기 대가리의 눈동자에 나는 묻는다.

어디로 갈 거니 ?

나는 자못 심각한데, 녀석은 말이 없다.

바다로 돌아갈 거니 ?

나는 이제 울음이 나려 하는데 녀석의 못생긴 입은 묵묵부답이다. 생선 장수는 인심 쓰듯 일러준다.

사실은 그게 더 맛있어요.

나는 그 건방진 물고기의 대가리를 집어 든다. 아무것도 매달려 있지 않은 국기 게양대 아래 황토에 아무도 몰래 묻는다. 땅을 밟으며 나는 속삭인다.

잘 가라. 너의 아름다운 별로.


문학은, 두터운 칼집 속의 녹슨 칼이 되어버렸는데, 칼을 꺼내려 안절부절못하는 무리들이 있다. 충고하노니, 너를 버려라.

마우스

··············································································

1판 1쇄 찍음 2003년 7월 3일   1판 1쇄 펴냄 2003년 7월 5일
지은이 김호경  펴낸이 박맹호 펴낸곳 (주) 민음사 출판등록 1966. 5. 19. (제16-490호)
서울시 강남구 신사동 506 강남출판문화센터 5층 (135-887)
대표전화 515-2000 팩시밀리 515-2007 값 8,500원
ⓒ김호경 2003. Printed in Seoul, Korea. ISBN  89-374-8015-8 03810